"……해."
"응?"
"……좋아. 해."

Illustration : Mizukane Ryou

한 걸음 앞으로

결벽증 졸업

한 걸음 앞으로~결벽증 졸업~

초판 1쇄 찍은 날 | 2014년 12월 1일
초판 1쇄 펴낸 날 | 2014년 12월 10일

지은이 | chi-co
그린이 | 미즈카네 료
옮긴이 | 김산우
펴낸이 | 예경원

편집책임 | 박우진
편집 | 오아현

펴낸곳 | 예원북스
등록번호 | 제396-2012-000132호
등록일자 | 2012. 7. 25
YRN | 제6-0004호

주소 | 경기도 고양시 일산동구 무궁화로 8-28 삼성메르헨하우스 712호 (우) 410-837
전화 | 031-819-9431 팩스 | 031-817-9432
http://blog.naver.com/ainandfin
E-mail | ainandfin@naver.com

ISBN 979-11-5630-667-2 03830

hi-co 글
즈카네 료 그림
산우 옮김

한 걸음 앞으로

결벽증 졸업

차 례

스타트
두근두근 보내는 시간

"……좋아."

자기 자신에게 기합을 넣은 시라이시 하루카는 능숙한 손길로 얇은 장갑을 끼었다. 몇 군데를 돌아 겨우 발견한, 엄청나게 얇은 고무 재질의 장갑이었다. 그 위에 보통의 장갑을 껴, 몇 번이고 확인한 뒤에야 하루카는 겨우 안도의 숨을 내쉬었다. 추운 계절에는 이렇게 장갑을 껴도 이상하게 보이지 않아서 참 다행이다.

여름이 되면 주변의 시선이 신경 쓰여서 사람들 앞에서는 장갑을 벗고 있지만, 그렇게 있으면 몇 번이고 손을 씻

어야만 하기 때문에 큰일이었다.

"베란다 열쇠 오케이, 가스 오케이, 전기도 오케이."

방의 시계를 보자 벌써 오전 여섯 시를 지나고 있었다. 언제나처럼 집을 나설 시간이었다.

"다녀오겠습니다."

아무도 없는 방을 돌아보며 그렇게 말하고, 하루카는 신중하게 열쇠를 잠갔다. 혼자 자취를 시작한 지 벌써 한 달이 되어가고 있는데도, 외로움은 물론이고 집을 비울 때의 불안이 아직도 있다.

창문의 잠금도 몇 번이나 확인했고, 가스 밸브나 전기도 확인한 게 분명한데도, 아니나 다를까 열쇠를 잠그기 전에 아무래도 신경이 쓰여 다시 문을 열고 또 한 번 방 안으로 되돌아 들어갔다.

그걸 몇 번이고 반복하다 보니, 벌써 십 분 가까이 시간이 지나 있었다. 이제는 정말로 서두르지 않으면 지각이다.

하루카는 어떻게든 불안을 머릿속에서 몰아내며 맨션 밖으로 나왔다. 혼자 사는 사람이 많은 이 층짜리 원룸 맨션의 일 층을 고른 이유는, 엘리베이터를 타기 싫어서였다.

시월이 되자 날씨는 꽤 추워졌지만 아직 날은 일찍 밝아

왔다.

얼어붙을 것 같은 바람에 몸을 웅크리고 주택가의 길을 걸어, 몇 분 후 가까운 버스 정류장에 도착했다. 마침 버스도 가까워지고 있었다.

버스 정류장에 있던 샐러리맨과 대학생 같아 보이는 남자 몇 명이 하루카의 얼굴을 힐끔 쳐다보았지만, 딱히 말을 나누는 일 없이 제각기 다시 음악을 듣거나 휴대폰을 만지작거리기 시작했다. 한 달이 다 되어가는 마당에 안면이 있다고도 할 수 있는 사이인데, 인사도 없는 것은 조금 쓸쓸했다. 하지만, 그것은 자신의 행동이 조금 이상하기 때문일 거라고 포기하고 있었다.

채 오 분도 지나지 않아 다가온 버스가 멈추어 섰다. 차례차례 버스에 오르는 사람들을 보내고, 그곳에는 하루카만 혼자 덩그러니 남아 있었다.

"오늘도 안 타시나요?"

기사가 그렇게 말을 걸어주었지만, 하루카는 꾸벅 고개를 끄덕이고 미안한 마음으로 말했다.

"죄송해요, 가셔도 돼요."

출퇴근 시간보다 이른 시간이라 그런지, 버스 안에는 공석이 여기저기 눈에 띄었다.

이다음 정거장에는 대학교가 있지만 오전 여섯 시 반이

라는 시간이라 학생의 수도 적었다. 그들은 버스 정류장에 서 있으면서 버스에 오르지 않는 하루카를 어떻게 생각할 까…… 문득 그런 생각이 머리를 스쳤지만, 아무래도 다리 가 버스 계단으로 올라가지 않는 것은 어쩔 도리가 없었 다.

"……서둘러야 되는데."

하루카의 직장은 그 대학의 도서관이었다. 십 킬로미터 정도 떨어진 그곳까지 버스라면 이십 분 정도 걸리지만, 걸 어서 가면 약 두 시간은 걸린다. 그 때문에 매일 아침 꽤 이 른 시간에 집을 나서고 있다.

날씨는 좋아 보이지만, 비라도 내렸다가는 큰일이다. 혹 시 자칫해서 눈이 쌓이기라도 해버리면 어떻게 될지, 벌써 생각만 해도 머리가 아프지만, 그때에는 더 일찍 일어나면 된다.

모처럼 아버지의 연줄로 얻게 된 일자리였다. 게다가 대 학 도서관이라는 폐쇄적인 공간은 하루카에게 있어서는 그 이상 없는 완벽한 환경이라 절대로 잘리고 싶지 않았다.

"좋은 아침입니다."

한 시간 오십 분이 걸려, 하루카는 겨우 직장에 도착했 다.

개관시간은 오전 아홉시. 직원은 여덟시 반까지는 와야 했고, 그중에서도 가장 막내인 하루카는 본래 가장 먼저 출근하지 않으면 안 되는 입장이었다.

하지만, 같은 직장에 일하고 있는 사람들은 하루카의 사정을 알고 있어서, '8시 45분까지만 도착하면 되니까' 라고 허락해 주고 있었다.

그 말을 듣고 어리광만 부려서는 안 된다고 생각해, 될 수 있는 한 서둘러 보려고 하고 있지만, 지금 상태로는 출근시각에 맞춰 가는 정도였다.

"안녀엉."

선배 도서관 사서인 사카이(堺)가 돌아보며 말을 걸어 주었다. 올해 서른둘이 되는 사카이는 하루카의 지도원이다. 이 대학의 졸업생으로, 도서관의 일 이외에도 여러 가지 일에 도움을 주고 있는 모습을 몇 번인가 본 적이 있었다.

이 국립대학 내의 도서관에는, 현재 하루카를 포함한 열 명이 근무를 하고 있고, 사카이를 포함해 사서의 자격을 가지고 있는 것은 그 반인 다섯 명이다. 좀처럼 신규 채용이 없는 와중, 결혼으로 인한 퇴직으로 생긴 빈자리에 하루카의 아버지가 억지를 써서 일하게 되었지만, 아직 임시직이라는 직함이었다.

하지만, 충분히 자신은 운이 좋았다고 하루카는 생각하

고 있었다. 직원은 모두 하루카보다 연상인 사람들뿐이어서, 귀여움을 받고 있었다.

"오늘도 걸어온 거야?"

"네."

하루카가 고개를 끄덕이자, 사카이는 쓴웃음을 흘리며 머리카락을 쓰다듬어 주려는 듯하다가, 앗 하고 생각이 난 듯 손을 되돌렸다. 사람과 닿는 것에 약하다는 것을 제대로 기억해 주고 있기 때문이었을 것이다.

일하기 시작한 당시에는, 누군가 곁에 다가오는 것만으로도 몸이 경직되어 후다닥 뒷걸음질 쳐 버렸었다.

귀엽지 않은 모습만 보이고 있었는데도 불구하고 적극적으로 다가와 주는 사카이와 그 외의 사람들에게는 몇 번을 감사해도 모자랄 일이었다.

"그치만 장갑도 끼고 있겠다, 겨울이 됐는데, 버스를 타는 건 어때?"

"그건, 생각은 늘 하고 있는데요……."

"발이 떨어지질 않아?"

"……네."

자신의 패기 없음을 한심하다고 생각하며 입술을 깨물자, 사카이는 바~보 하고 농담하듯 장난을 걸었다.

"뭐어, 누구라도 싫어하는 것 정도는 있으니까. 건강을 위해서 걷는 것도 나쁘진 않지."

"최근 두 시간 안쪽으로 단축했어요. 저도 모르는 새에 다리가 단련되고 있는지도 모르겠네요."

사카이의 위로를 맞장구치듯 그렇게 말하자, 굉장하네, 하고 칭찬받았다.

"자아, 그럼, 이제 개관 준비를 시작해 줄래?"

"네."

하루카는 서둘러 직원 준비실로 향해 제복으로 갈아입고, 다시 도서관 안으로 돌아왔다. 그사이 털장갑은 벗었지만 그 아래의 얇은 고무장갑은 그대로였다.

"안녕, 시라이시 씨."

"안녕하세요."

다른 직원들과도 차례차례로 인사를 나누며 책의 정리를 시작했지만 아무도 하루카의 고무장갑에 대해서는 아무 말도 하지 않았다.

면접을 보러 왔을 때, 채용이 결정되고 도서관 직원 전원 앞에서 인사를 할 때에, 하루카는 자신의 사정을 숨기지 않고 설명했었다. 결코 자랑할 만한 이야기가 아님에도, 피한다고 피해지는 일이 아니었다. 그리고 모든 사람이 그런 하루카를 받아들여, 협력해 주었다.

'정말 여기서 일할 수 있어서 다행이었어.'

어쩌면 평생 집에서 나가지 못하는 건 아닐까 하는 생각마저도 했었지만, 생각지도 못하게 세상은 넓었다.

자신에게는 이제 다른 사람들처럼 평범한 생활은 무리일 거라고 포기하고 있었던 것이 거짓말 같았다.

어째서 하루카가 그런 생각을 하고 있었는가 하면—사실, 하루카는 결벽증이었다.

초등학교 오학년까지는 하루카도 아주 평범한 아이였다. 친구들과 주스를 돌려 마신다든가, 같은 젓가락으로 음식을 먹을 수도 있었다.

그런 하루카가 결벽증에 걸리게 된 것은, 이상한 남자에게 추행을 당했기 때문이었다. 저녁 무렵 공원에서 친구와 헤어져 귀가하려던 순간, 돌연 팔을 붙잡혀 놀이기구의 그늘로 끌려갔다. 여름이어서 반바지를 입고 있던 탓에, 그 옷자락 사이로 손이 들어왔다. 그 손은 허벅지를 끈적하게 쓰다듬었다. 티셔츠도 끌어올려져 그대로 남자가 얼굴을 들이댄 그때, 마침 개를 산책시키러 나온 아주머니가 으르렁대는 개에게 끌리듯 다가와 그늘 속의 하루카를 발견해 주었다.

큰소리로 고함을 치는 아주머니 덕분에 남자는 금세 달아났다.

경찰관이 출동하고, 엄마가 끌어안아 주었어도, 하루카

의 경직된 몸은 풀리지 않고 목구멍에 달라붙어 있던 목소리도 나오지 않았다.

그 변태는 금방 붙잡혔는데, 사정을 설명해 주러 온 경찰의 말에 따르면 아무래도 하루카를 여자아이로 착각해 나쁜 짓을 하려고 했던 것 같다는 것을 알게 되었다. 그 시절 하루카는 몸집도 작고, 여자애 같은 얼굴에, 한 번 봐서는 여자아이로 생각하는 것이 이상하지 않을 정도의 용모였다.

모두, 아무 일도 없어서 다행이었다고 말했다.

부모님은 그런 일은 빨리 잊어버리라고 일렀다.

하지만 하루카는 그것을 잊을 수가 없었다. 성인 남자의 손이 다리나 배를 쓰다듬었던 감촉은 간단히 지워지지 않았고, 생각날 때마다 토했다.

그런 하루카의 반응에 그 사건을 알게 된 타인들은 더 심한 짓을 당했던 건 아닌가 하고 그릇된 추측까지 하게 되었다. 집을 나선 순간 호기심 가득 찬 눈에 둘러싸이는 것 같은 기분에 하루카는 점점 더 자기 자신을 껍데기 안에 가두어 갔다.

그런 하루카를 응원해 준 것은 부모님이었다.

현재 상태가 하루카에게 있어서는 좋지 않다고 판단하고 즉시 이사해, 그 사건이 알려지지 않은 지역으로 옮겼다.

학교에 가고 싶지 않다는 하루카를 억지로 밀어붙이지 않고, 집에서 공부를 봐 주었다.

자신을 사랑해 주는 부모의 애정에 부응하지 않으면 안 된다고, 하루카는 중학교 진학을 계기로 학교에 가기로 했지만, 그 사건의 후유증은 잊어버리려 해도 단단히 온몸에, 마음속에 남아 버렸다. 그것이, 결벽증이라고 하는 병이었다.

처음엔 성인 남자에 한해서였지만 공포에 질린 마음은 그 병을 점점 더 악화시켜갔다.

침이, 땀이, 기분 나빴다.

어깨를 두드리는 것도, 손을 감싸는 것도, 치밀어 오르는 토기를 누르는 것으로 고생이었다.

조금이라도 타인에게 닿는 순간 손을 소독하고, 언제나 마스크를 쓰고 있는 하루카를, 동급생들은 처음에는 이상하다는 눈으로 쳐다보고 있었다.

괴로워서 따뜻한 집에 처박히고 싶었다. 하지만 그런 부모님에게조차 닿는 것을 무서워하는 자신이 한심해서 어쩔 수가 없었다.

죽어버리면 편해지지 않을까 생각한 것도 한두 번이 아니었다. 하지만 실행할 용기가 없었을 뿐이었다.

학교에 가게 된 하루카를 매일 기쁜 듯 바라보고 있는 부모님을 슬프게 하고 싶지 않아서, 하루카는 마음을 단단히 먹고 동급생들에게 결벽증인 것을 고백했다. 결단코 너희가 싫어서 그런 것이 아니라고, 어떻게든 말했다. 역시 그 이유까지는 말하지 못했지만, 타인과 닿는 것이 고통이라고 솔직히 말하자 몇 명인가는 그런 하루카를 받아들여 주었다.

그중에는 이런저런 혐오의 표정을 보인 사람도 있었고, 이해가 안 된다며 더욱 거리를 둔 사람, 호기심의 눈으로 바라보는 사람도 있었지만, 겨우 생긴 친구들 덕분에 하루카는 중학교를 졸업, 그리고 사람과의 거리를 짐작할 수 있게 되어, 고등학교도 어떻게든 졸업할 수 있었다.

대학생이 될 즈음은 꽤 결벽증을 개선시켰지만, 그래도 살아 있는 타인과 닿는 것은 고역이어서 고무 재질의 장갑을 손에서 떨어뜨리는 일은 없었다.

그리고 거기부터가 또 문제였다.

일반 기업에 취직하는 것은 역시 자신의 병 때문에 힘들게 뻔했기 때문에 졸업을 앞두고 있었음에도 불구하고 내정된 회사가 없었다. 부모님은 서두를 필요는 없다고 말해 주었지만 아르바이트도 하지 않고 집에 처박혀 지내고 있는 현실은 너무나도 괴로웠다.

몇 되지 않는 친구들은 제대로 세상 속에서 일을 하면서

때로 문자나 전화를 보내주었는데, 그런 소식을 볼 때마다 친구들은 힘들지만 매일매일 주어진 일상을 충실히 보내고 있다는 것이 느껴졌다.

자신만이 뒤처진 것 같은, 공허한 날들이 지나고 초조함과 포기가 동시에 가슴 안을 지배하고 있었다―그로부터 반년 후, 공석이 된 이 도서관의 임시직으로 채용되었고, 이제 한 달이 지났다.

부모님에게 응석 부리지 않도록 자취도 시작했지만, 부모님과 함께 살던 집에서 너무 떨어지지 않도록 하라는 말을 들어 대학교와는 꽤 떨어진 곳에 방을 잡게 되었다. 그 탓에 통근은 큰일이 되었지만 몸을 위해서 걷는 것도 나쁘지 않다고 자신을 스스로 설득했다. 무엇보다, 일을 한다는 충족감이 그런 것쯤은 아무렇지도 않게 했다.

"시라이시 군, 이쪽 일 좀 도와줄래?"

"넵."

도서관 안에서는 책을 소중히 다루기 위해서라는 이유로 장갑을 끼는 것을 허락받고 있었다. 도서관에 방문하는 사람들도 대개 정해져 있어서, 지금은 긴장도 꽤 늦출 수 있게 되었다.

앞뒤 가릴 것 없이 뛰어든 직장이었지만, 지금은 제대로 사서 자격도 얻고 싶다는 의욕도 생겨나 있었다.

"오늘도 힘냅시다."

"네."

어머니와 비슷한 연배의 동료를 향해 하루카는 살풋 미소 지었다.

한 걸음
반짝반짝 빛나는 사람

월요일.

오늘도 또 버스 정류장까지 온 하루카는 정류장에 도착한 버스를 지그시 바라보았다. 오늘만큼은 버스에 탈 수 있을까 생각했지만 역시 불특정 다수의 사람들이 닿았던 의자나 난간, 버스 손잡이에 닿는 것은 무서웠다. 게다가 차가 흔들릴 때마다 다른 사람과 부딪칠 거라고 생각하면 아무래도 다리가 움직이지 않았다. 결국 오늘도 또 버스를 그냥 보내고 말았다.

"……못하겠다."

힘내서 긍정적으로 앞으로 나아가야지 생각은 하면서도 한 선만은 어떻게 해도 뛰어넘어지지가 않았다. 자기 자신의 한심함에 한숨을 내쉬며 달리기 시작하는 버스를 보내던 하루카는 문득 창문 쪽에 앉아 있던 사람과 눈이 마주친 것 같은 기분이 들었다.

하루카의 시선을 느낀 것인지 가볍게 머리를 숙였지만, 그 사람이 누군지 기억은 없었다. 정장을 안 입었으니 학생이려나 싶었다. 어쩌면 도서관에서 만나는 사람들 중 하나일지도 모른다고 생각하며 고개를 갸우뚱했다.

그리고 보면 요 근래 계속 그 시선의 주인과 눈이 마주쳤던 것 같기도 했다. 그건 정말 한순간으로, 얼굴조차 제대로 보이지 않는 상대였다. 상대의 입장에서 보면 매일 버스 정류장에 서 있는 주제에 타지는 않는 하루카가 이상한 사람 같아서 보고 있었던 것이었을지도 모른다. 하지만 어쩐지 하루카는 멋대로 조금 친해진 것 같은 기분에 무심결에 중얼거리고 말았다.

"좋은 아침이에요."

그 순간에도 버스는 순식간에 하루카의 저 앞까지 달려가 버리고 있었다. 하루카도 지각하지 않도록 대학교를 향한 여정을 서둘렀다.

직원 준비실에서 점심식사를 하고 있는데 사카이가 의자에서 일어섰다.

"무슨 급한 일 있으세요?"

아직 쉬는 시간이 끝나기까지는 시간이 남아 있었던지라 그렇게 물었다.

"아니, 커피나 마실까 해서."

라고, 대답을 들었다. 언제나 이전에 준비해 오는 사카이였는데 오늘은 어쩌다 사오는 것을 깜빡 잊어버렸던 모양이다.

"아, 그럼 제가 다녀올게요."

"됐어, 꼭 막내 사원 부려 먹는 것 같잖아."

"그런 거 아니잖아요."

사카이가 하루카를 귀여워하고 있는 것은 주변 모두가 아는 일이었다. 평소 이래저래 뒤를 봐 주는 사카이에게 하루카는 조금이라도 힘이 되고 싶었다. 하루카는 잽싸게 도시락을 정리하자마자 자신의 지갑을 가지고 자동판매기를 향해 달려갔다.

사카이가 언제나 사는 커피가 어떤 것인지는 알고 있었다. 하루카는 자신의 물통을 가지고 다니기 때문에 밖에서 마실 것을 사지는 않지만, 그래도 첫 출근 때 대학교 안을 안내 받았었기 때문에 그 장소가 어디인지 정도는 알고 있었다.

"어— 그러니까, 설탕이랑 우유는 잔뜩…… 아, 이거다."

찾고 있던 캔커피를 발견해서 동전을 넣고 버튼을 누르려던 하루카는,

"!"

무의식중에 옆에서 뻗어온 손가락이 자신의 그것에 닿으려는 것 같아 깜짝 놀라 손을 움츠려 버렸다.

장갑을 끼고 있었기 때문에 괜찮을 터였다. 하지만 이렇게 부지불식간에 다가오는 접촉에 대해서는 심장박동이 빨라지고 온몸이 긴장으로 굳어져 버린다.

사정을 알고 있는 사람이라면 상관없지만, 전혀 본 적 없는 제삼자의 경우 이상하게 볼 것이 뻔한 태도였다.

이상한 소문이 돌게 될지도 모른다…… 일순 과거가 머릿속에 스쳐 지나간 하루카의 귀에, 부드러운 목소리가 닿았다.

"괜찮습니까?"

"……읏."

"어디 안 좋으신 데라도……."

걱정스러운 목소리와 함께 어깨에 닿으려는 손의 기척에 하루카는 펄쩍 몸을 뒤틀어 상대로부터 넓게 거리를 두었다.

그러자 필연적으로 방금 말을 건 사람과 마주 보는 형태가 되었다. 도망치고 싶은 마음을 누르기 위해 두 주먹을 꼭 쥐며 하루카는 어떻게든 상대의 얼굴을 쳐다보았다.

백칠십 센티가 조금 못 되는 하루카가 올려다보아야 되는 장신은, 필시 백팔십을 훌쩍 넘는 키일 것이다. 언제나 어머니가 머리를 잘라 주는 하루카는 새카맣고 짧을 뿐인 머리였지만, 눈앞의 사람—젊은 남자는 아름다운 밤색으로 염색한 멋진 머리를 하고 있었다.

'몇 학년일까……?'

어린애처럼 보이는 하루카보다 훨씬 어른스러운 눈빛을 하고 있었지만, 상식적으로 생각해 봤을 때 자신보다 나이가 어릴 것이 분명했다.

"저기요?"

남자는 입을 다문 채 시선을 보내고 있는 하루카가 당황스러운 모양이었다. 겨우 첫 돌격으로부터 침착을 되찾은 하루카는 어색한 미소를 뺨에 띄워 올렸다.

"죄, 송합니다."

먼저 돈을 넣은 것은 자신인데 왜 옆에서 손이 다가왔는지는 모를 일이지만, 이유가 어쨌든 과민한 반응을 보여서 상대를 놀라게 한 것은 틀림없이 이쪽이었다. 그래서 사과했다.

"왜요?"

"네?"

하지만, 남자는 그런 하루카에게 물음을 던졌다.

"당신이 잘못하신 게 아닌데 왜 사과를 하나요?"

설마 이런 식의 반응이 돌아올 줄은 몰랐다. 금방 신경
쓰지 않는다는 듯 외면당하든가 재미있다는 듯 주목당하든
가 둘 중 하나일 거라고 생각했는데, 그렇게 물어오는 영문
을 알 수 없었다.

"제가, 그, 놀라게 했으니까."

"그건 제 쪽이겠죠."

"……."

"지금 당신이 사려고 했던 거, 매진이라고 알려주려고
했었던 건데…… 갑자기 뒤에서 손이 튀어나오면 놀랄 만
도 하겠죠."

매진이라는 말에 당황해서 확인해 보니 확실히 빨간 불
이 켜져 있었다. 서두르는 바람에 착각하고 있었다고 생각
하니 더욱 부끄러워져서 얼굴에 열이 올랐다.

"그러니까, 사과하지 않으셔도 돼요, 시라이시 씨."

"……예?"

어떻게 이름을 아는 거냐고 되물으려 생각하던 순간, 문
득 시야에 자신의 명찰이 들어왔다. 이걸 보고 이름을 부른

거였나 원인을 알게 되자 안심이 됐다. 하루카는 크게 심호흡을 하며 숨을 고르고는 남자를 향해 가볍게 고개를 숙였다.

"그래도, 제 반응은 좀 지나쳤죠. 죄송해요."

할 수만 있다면 이대로 달음질쳐 이 자리를 떠 버리고 싶었지만 그렇게 한다면 눈앞의 이 학생에게 더욱 못할 짓을 하는 것 같았다.

그럼, 하고 하루카는 한 번 더 자동판매기를 향해 섰다.

사카이가 좋아하는 커피는 없었다. 다른 것을 사서 빨리 돌아가자고 다시 한 번 자동판매기를 향해 선 하루카였지만 등 뒤의 남자가 자리를 뜨는 기색이 전혀 느껴지지 않는 것에 신경이 쓰였다.

'뭐, 뭐지.'

방금 전의 대화로 화난 게 아니라는 건 알았다. 그렇다면 왜 이 자리를 지키고 있는 것일까.

등 뒤를 너무 신경 쓴 나머지 버튼을 누르는 손끝이 떨렸다.

'앗.'

그때, 하루카의 눈에 장갑을 낀 자신의 손이 보였다. 일상에서 보기 힘든 그것에 의문을 가질 것이 두려워진 하루카는 할 수 있는 한 천천히, 남자의 시선에서 도망치듯 손을 끌어당겼다.

"그, 그럼, 저는 이만."

덜컹 소리를 내며 떨어져 나온 캔 커피를 재빠르게 손에 들고 발걸음을 돌린 하루카는 직원 대기실에 돌아가자마자 사카이에게 사과했다.

"죄송합니다, 언제나 드시던 게 매진이었어요."

"괜찮아, 땡큐—"

돈을 주며 말하는 사카이에게, 이 정도는 대접하게 해 달라며 돈을 받지 않았다.

언제나 마시던 것보다 쓴 커피를 그래도 맛있다는 듯 마셔주는 사카이를 보며, 하루카는 문득 방금 전에 만난 학생을 떠올렸다.

'엄청, 모델 느낌이었지.'

외모, 내면 모두 어른스러운 분위기를 가진 그라면, 분명 주변에 많은 친구들에게 둘러싸이고, 여자아이들에게도 인기인이겠지. 아마 하루카와는 정반대의 학생 시절을 보내고 있을 것이다. 인생을 바꾸고 싶다는 생각까진 들지 않지만 부럽다는 생각은 들었다. 하루카는 그렇게 생각하며 하아 깊은 한숨을 내쉬었다.

다음 날, 하루카는 역시나 출근 시간보다 이른 시간에 버스 정류장을 향했다. 오늘이야말로 타겠다고 생각하면서 버스를 기다렸지만, 변함없이 다리가 움직이지 않았다.

또 언제나처럼 이 버스를 보내야 하나 생각하고 있는데 어째서인지 오늘은 평소와 다르게 버스에서 누군가 한 사람이 내렸다. 이런 아침에 이런 주택가에서 내리는 사람이 있다니 신기하다 싶어 시선을 향한 하루카는,

"······앗."

그 얼굴을 보고 무심결에 소리를 내고 말았다.

"안녕하세요."

하루카와 똑똑히 눈을 마주친 남자는 빙긋 웃으며 인사를 건넸다. 버스에서 내린 것은 어제 자동판매기 앞에서 만났던 학생이었다.

'어? 어, 어째서?'

그가 왜 여기에서 내렸는지 그 이유가 패닉이 된 머리로는 생각해 낼 수 없었다. 그 와중에 버스는 달려가 버리고 말았다.

"시라이시 씨?"

"······버."

"네?"

"버, 버스, 가버렸는데요?"

자기보다 어린 상대인데도 존댓말을 해 버리고 말았지

만, 지금은 그걸 신경 쓰고 있을 때가 아니었다. 다음 버스는 십 분 후에는 도착하지만 그는 그걸 타도 시간이 맞으려나 모르겠다. 이런 이른 시간에 버스를 타고 있었던 거라며 꽤 서두르고 있었을 터인데…… 그런 것을 생각하고 있는 하루카의 눈앞에, 그는 어제 본 것과는 또 다른 깊은 미소를 던져왔다.

"네에, 알고 있어요."

"……그럼, 볼일이 있어서 여기서 내리신 건가요?"

어쩌다 우연히 마주쳤나 생각하며 그렇게 묻자, 남자는 풋 하고 뿜었다. 그렇게 이상한 말을 한 기억은 없었는데. 이 반응은 하루카를 더욱 당황하게 만들고 말았다.

"시라이시 씨랑 얘기 좀 하려고."

"……나랑?"

"네."

"어, 어어, 어째서?"

"언제나 여기를 지나가면서 봤으니까. 어제 일도 사과하고 싶었고."

"언제나……?"

그 말을 들은 하루카는, 거기서 겨우 어떤 사실에 생각이 미쳤다.

그것은 요 며칠 버스 안에서 이쪽을 보고 있던 남자였다.

확실하게 얼굴을 본 것은 아니었지만 그래도 되짚어보면 분위기가 몹시 닮은 것도 같았다. 그럼, 그게, 눈앞의 이 남자였단 소린가.

'엄청난 우연……'

은밀하게 아침 인사를 하고 있던 상대와 눈앞의 남자가 겹쳐지며, 하루카는 무심결에 기뻐져서 두 뺨의 긴장을 풀었다. 이쪽 혼자 멋대로 안면을 텄다고 생각하고 있었는데 상대도 하루카의 존재를 제대로 인식해 주고 있었던 것이었다.

하지만 다음 순간 그 미소는 얼어붙고 말았다. 매일 자신을 보고 있었다는 것은, 버스 정류장에 서 있는 주제에 버스를 타지 않는 모습도 보고 있었을 것이다. 게다가, 대학에 근무하고 있다는 것도 알고 있다면 두 시간이나 걸리는 출근을 어떻게 하고 있을지 궁금해 하고 있을지도 몰랐다.

"저, 저기……."

어떻게 말을 해야 할지.

헤매고 있는 하루카에게 남자가 먼저 말을 꺼냈다.

"저는 유우키 토모히로(結城智大)라고 합니다. 시라이시 씨가 일하고 있는 대학교의 이학년이에요."

울림 좋은 유우키의 목소리는 신기하게도 다정하게 들린다. 하루카도 당황해서 머리를 숙였다.

"저는 시라이시 하루카예요. 도서관의 임시직입니다."

유명한 국립대를 다니고 있는 유우키에 비해서 정규직도 아닌 자신을 소개하는 것은 조금 긴장이 되었다. 하지만 하루카에게 있어서 지금의 직장은 너무나도 마음 편하고 좋은 소중한 장소였다. 때문에, 임시직의 몸이라 하더라도 부끄럽다고는 생각지 않았다.

"저 종종 도서관에 가고 있거든요."

그런 하루카의 기분이 전달된 것인지 유우키는 저런 말을 해 주었다.

"시라이시 씨, 카운터에 별로 안 나오시니까 제 얼굴을 기억 못하시는 걸지도."

확실히, 도서관에서 유우키는 본 기억이 없었다.

그것은 결벽증인 하루카를 배려해 준 다른 직원의 마음이었지만 그런 말을 들으니 어쩐지 굉장히 미안한 마음이 들었다. 적극적으로 사람과 대화를 할 정도로 사교적이지는 않지만 타인과 관계를 맺어 갈 정도로는 되었다고 생각하고 있었다. 하지만 아직 멀었는지도 모르겠다.

"저기."

"걸으며 얘기할까요? 이대로라면 시라이시 씨, 지각이죠?"

그 말에 당황하여 손목시계를 보았다. 언제나 보다 오 분

이상이 지나 있었다. 확실히 지각은 곤란했기 때문에 유우키의 말에 응해 걷기 시작했다.

어떻게 해도 반쯤 뒤게 되는 하루카와 달리 장신에 맞는 다리 길이를 가진 유우키의 걸음은 느긋했다. 힘든 기색도 없이 자신의 페이스에 맞추어 주고 있구나 생각했는데, 이번에도 또 유우키가 먼저 말을 걸어주었다.

"저, 교수님 일을 돕고 있어서 요 한 달간 매일 아침 일찍 나갔었어요. 그때 저 버스 정류장에 서 있는 시라이시 씨를 보게 돼서."

"그런, 가요."

한 달이라고 하면 하루카가 도서관에 근무하기 시작한 것과 같은 시기였다. 그러자 그는 처음부터 버스에 타지 않는 자신을 보고 있었다는 말이 된다.

"이상하다고 생각했죠? 저, 사람과 닿는 것이 힘들거든요."

"힘들다?"

분명히 이상하게 생각하고 있을 유우키에게 하루카는 숨기는 것 없이 자신의 사정을 토로했다. 잘 알지 못하는 상대에게 결점을 말하는 것은 용기가 필요했다. 그래도 이 병을 포함한 전부가 자신이기 때문에 결점을 숨길 생각은 없었다.

지금의 자신은, 도망치는 것밖에 할 수 없었던 초등학생인 자신과는 달랐다.

"결벽증이에요. 봐요, 이거."

털장갑을 벗고 어제도 자동판매기 앞에서 보였을 고무장갑을 보여주자, 유우키는 신기한 표정으로 그랬던 건가, 하고 중얼거렸다.

좀처럼 사람에게 이해받기 어려운 귀찮은 병이기 때문에, 지금도 유우키와 일정 거리를 두고 걷고 있었지만, 그는 그걸 이상하다고 부정한다거나 웃어넘겨 버리지 않았다.

"그것 때문에 버스를 타지 않았었던 거군요."

"탈 수 있으면 좋겠다고 생각은 하지만……."

"혹시 매일 아침 거기부터 대학교까지 걸어서?"

"건강 유지에는 최적이기도 하고."

쓴웃음을 짓자 유우키도 확실히 그렇죠, 하고 쓴웃음을 돌려주었다.

"저는 완전히, 버스에 싫어하는 놈이라도 타고 있나 생각하고 있었어요."

"그 정도라면 이미 타고도 남았죠."

맑은 날이면 모를까 비라도 오는 날에는 역시 걷는 것이 힘들 수밖에 없었다.

"그렇겠네요."

연하의 대학생인데도 유우키는 하루카를 신경 써주듯 대화를 이어 주었다. 도중에 하루카가 연배가 높으니까 존댓말을 쓰지 말아달라는 말도 들었다.

대학교에 가까워져 가면서 인파가 늘자 유우키는 자신이 방패가 되듯이 해서 길을 열어주었다. 언제나 주변에 신경을 곤두세우며 걸었었지만, 오늘은 꽤나 편했다. 무엇보다, 먼 길을 함께 걷는 사람이 있다는 것이 즐거웠다.

하지만, 결국 자신에게 어울리게 하느라 유우키까지 두 시간 가까이 걷게 해 버린 것은 미안했다. 하루카는 교문 앞에서 머리 숙여 감사의 말을 전했다.

"오늘은 같이 걸어줘서 고마워. 정말 즐거웠어."

"저도 시라이시 씨와 이렇게 잔뜩 이야기할 수 있어서 좋았어요."

장거리를 걸어왔다고는 생각할 수 없을 정도로 상쾌하게 웃는 유우키를 눈부시다고 생각하며 바라보는 동안, 몇 명인가가 그의 이름을 부르며 인사를 해 왔다.

"자, 전 그럼 여기서."

대학교에 도착하자 유우키에게는 유우키의 세상이 기다리고 있었다. 외모도 좋고, 사람 대하는 것도 다정한 그는 분명 하루카가 생각하는 것보다도 훨씬 인기인일 게 분명했다.

'오늘만의 서프라이즈려나.'

아마 어제 자동판매기에서 있었던 일을 신경 써주고 있었던 것이리라. 그가 잘못한 것이 없음에도 신경을 써주었다는 것이 솔직히 기뻤다.

내일부터는 다시 혼자만의 통근이 되겠지만 오늘 일을 생각하면 분명 발걸음도 가벼워지지 않을까 생각하지 않을 수 없었다.

"……어?"

"안녕하세요."

그러나 하루카의 그런 예상은 멋지게 빗나갔다. 다음 날도 유우키는 하루카가 서 있는 버스 정류장에서 하차했다.

그로부터 매일, 유우키는 혼란스러워 하는 하루카와 어깨를 나란히 하고 도보로 대학교에 가게 되었다.

"나한테 그렇게 신경 쓰지 않아도 된다니까?"

"저도 건강을 위해서 걸어보려고 생각해서요."

특별히 하루뿐인 일이었다고 생각하고 있던 하루카는 이 상황에 좀처럼 머리가 따라가지 못했다.

물론 싫지는 않았지만 아무리 봐도 단련된 몸을 가지고 있는 유우키가 할 말은 아닌 것 같았다. 혹시나 그가 자신을 신경 써 주느라 그러는 건 아닌가 마음을 졸였다.

"저는 이렇게 시라이시 씨와 대화하는 게 즐거워서요."

"나랑?"

그다지 달변인 편은 아닌 하루카는, 어느 쪽인지 굳이 따지자면 생각하며 말하는 쪽이었다. 그런 자신의 반응이 느리다고 생각하고 있지만 유우키는 전혀 신경 쓰는 기색이 아니었다.

하루카가 고백한 결벽증이라는 병도 제대로 생각해 주고 있는 것 같은 것이, 걷는 동안도 필요 이상으로 다가오지 않고, 손이 닿는 일도 없었다.

"도서관에서는, 모두의 시라이시 씨가 되어 버리잖아요."

"그게 뭐야."

분명히 유우키를 처음에 제대로 알아보지 못한 것에 대해서는 반성하고 있었다. 그 후로는 도서관에 오는 학생들의 얼굴에 신경을 써서 보게 된 하루카에게, 자연스럽게 말을 걸어오는 학생의 수도 늘었다. 하지만 그건 단순히 일이라서 그러는 것이지 거기에 특별한 의미가 있는 것은 아니었다.

그렇게 생각하면 유우키 쪽과는 제법 사적으로 얽혀 있다고도 말할 수 있었다.

"이렇게 걷고 있는 중에는, 시라이시 씨가 저만을 봐 주고 계시잖아요?"

유우키는 아무렇지도 않게 그런 말을 했다.

장신의 몸을 조금 구부리고 얼굴을 바라보는 자세로 말하는 유우키에게, 농담이라는 걸 알면서도 조금 두근거렸다. 같은 남자인데, 아니, 게다가 아직 대학생인데도 이 요염함은 반칙이다. 여자아이가 아니어도 두근거릴 수 있구나 생각하면서 하루카는 유우키를 올려다보며 미소 지었다.

"이렇게 가까이 있으면 유우키만 보고 있을 수밖에 없잖아."

"기쁜데요, 그런 말을 들으니."

실없는 대화를 하며 걷는 길은 지금까지는 생각지도 못했을 정도로 짧았다. 그리고 대학교에 도착하자마자 느끼던 피로감도 전혀 느껴지지 않게 되었다.

대학교를 졸업하고서는 얼마 없던 친구들조차도 만날 기회가 확 줄어버렸고, 겨우 취직을 한 뒤로는 하루하루를 보내는 데 필사적이 되어서 마음의 여유라는 게 없어졌던 걸지도 모른다. 유우키와 알게 되어 이렇게 그와 매일 이야기를 하는 것만으로도 하루카는 꽤나 마음가짐이 바뀌게 되었다.

옆에서 누군가가 함께 걷고 있다는 것은 몹시 즐거웠다.

놀리는 일도 하지 않고, 그뿐일까, 은근슬쩍 신경을 써서 배려해 주는 유우키의 곁은 지금까지 없던 편안함을 주었다.

"시라이시 씨."

그리고 함께 걷게 된 지 일주일 후, 걷고 있던 하루카는 눈앞에 내밀어 진 휴대폰 때문에 무심결에 발을 멈추었다.

"뭐야?"

"슬슬 번호 교환하지 않을래요?"

"아."

말을 듣고서야 처음으로 그 사실을 깨달았다.

매일 아침 유우키가 하루카가 있는 버스 정류장에서 내려주는 덕분에 시간 약속을 할 필요도 없고 불편한 점도 없어서 휴대폰 번호 교환조차 안 하고 있었다.

생각해 보면 하루카가 유우키에 대해서 알고 있는 것은 그의 이름과 대학생이라는 것뿐. 그 외에는 아무것도 모르는데 어느 샌가 친구처럼 가깝게 지내고 있던 자신이 부끄러워졌다.

"아직 안 되나요?"

금방 대답하지 않는 하루카의 행동을 부정의 의미로 받아들인 것인지, 유우키가 그대로 손을 되돌리려 했다. 이에 하루카는 당황하며 가방 속에서 자신의 휴대폰을 꺼냈다.

"아아니, 이쪽이야말로."

두 사람 다 멈춰 서서 적외선 통신으로 번호를 교환했다. 그러자 금방 유우키가 손가락을 움직여 휴대폰을 만지작거리기 시작했다. 누구한테 연락을 하나 고개를 갸우뚱하고 있던 하루카는 틈도 없이 소리를 울린 자신의 휴대폰을 보았다.

그것은 방금 번호를 교환한 유우키로부터 온 것이었다. 눈앞에 있는데 일부러 문자를 보낸 유우키에게 하루카는 묘하게 두근거리며 문자를 열었다.

『앞으로도 사이좋게 지내요.』

어쩐지 간질간질했다.

힐끔 유우키의 얼굴을 올려다보자 그는 아무 일도 없었다는 듯 평범한 얼굴을 하고……아니, 어딘지 쑥스러운 듯한 표정으로 보였다.

'어쩐지 초등학생으로 돌아간 것 같네.'

우리 친구하자, 라고 대놓고 말했던 시절을 떠올리며, 하루카의 뺨에는 천천히 미소가 피어올랐다.

유우키의 행동을 그저 받아들이고 있는 것뿐으로는 연상

의 위엄도 뭣도 없었다. 하루카도 새로이 등록한 주소를 불러내 조금 생각을 한 뒤 문자를 눌러 송신했다. 금방 눈치를 챈 유우키가 다시 휴대폰에 시선을 떨어뜨리고, 이윽고 안심했다는 듯 표정을 누그러뜨렸다.

『나야말로, 앞으로도 사이좋게 지내자.』

말로 하면 더욱 빠를 것을, 굳이 문장으로 하는 것은 쑥스러웠다.

"다행이다."

"응?"

"채이지 않아서."

친구가 많은 유우키의 입장에서, 대학교 도서관의 임시직인 하루카 한 명쯤은 친구가 되지 않아도 곤란할 일은 아무것도 없을 터였다.

그래도 그는 하루카와의 만남을 소중히 생각해 주고 있었다. 제대로, 친구로서 받아들여 주고 있는 유우키의 행동에 기뻐서, 하루카는 그답지 않게 말을 재빨리 쏟아냈다.

"유우키를 걷어찰 사람이 세상 어디에 있겠어."

"그렇지도 않아요."

가벼운 부정도 미운 구석이 없구나, 생각하며 하루카는

휴대폰을 가방에 넣으며 그 옆얼굴을 바라보았다. 알면 알수록 이렇게 멋진 유우키를 혼자 독점하는 사람이 부럽다고 생각되었다.

"정말로?"

"의외로 좋아하는 상대에겐 세게 나가지를 못하는 성격이라."

웃음을 띠며 말하는 그 모습을 바라보고 있노라면 아무래도 수긍이 되지는 않지만, 분명 유우키도 유우키 나름대로 생각하는 것이 있겠지.

"자신을 가져도 될 텐데. 유우키 군, 멋있잖아."

아무래도 지금은 특별한 상대가 없는 모양이지만 유우키가 그럴 마음이 들면 애인은 금방 만들 수 있겠지.

하지만, 그래도 이 아침 시간만은 부디 없어지지 않기를 바란다.

'내 이기심이지만.'

대학교 교문에서 유우키와 헤어진 하루카는 급하게 도서관으로 향했다.

"안녕하세요!"

재빨리 유니폼으로 갈아입고 일을 시작한 하루카에게, 카운터 안에 있던 사카이가 까딱까딱 손짓으로 불렀다. 오늘은 주중이라 비교적 한가했기 때문에, 하루카도 뭘까 생각하며 손을 멈추고 다가갔다.

"너 말야, 유우키랑 아는 사이야?"

갑자기 그런 질문을 받아서 하루카는 눈을 휘둥그레 떴다.

"유우키라니······."

"오늘 아침에 둘이 같이 걷고 있었잖아. 유우키 토모히로 말야."

사카이의 입에서 유우키의 풀네임이 나온 것에 놀라며 하루카는 반사적으로 되물었다.

"유우키를 알고 계세요?"

"의대에 그 얼굴이잖아. 대학 안에서도 꽤 유명인이지, 예전엔 위원회에도 들어가 있어서 얼굴 마주칠 일도 많았거든."

도서관에 근무하기 시작한 지 일 개월 반. 그동안 하루카는 도서관 직원 이외에는 사무직 직원들과 가끔 이야기를 나누는 정도였지, 학생들과의 관계는 전혀 맺은 바가 없었다. 물론 책을 빌리러 오거나 찾아달라고 오는 경우에는 이야기를 하지만, 친구라고 할 만한 사이는 아니었다. 그런 하루카인 만큼 당연히 대학 내의 일에 대해서는 둔했다.

유우키는 과거에 일학년 대표로 축제 실행위원회에 들어가 상당히 활약을 했던 모양이었다. 용모와 어울리게, 그때부터 더욱 교내에서의 지명도가 올라가게 되었다는 것이다.

"어쩐지 유우키답네요."

시원하게 수긍이 가는 이야기였다. 용모뿐만 아니라, 그 유우키의 성격은 하루카의 눈으로 보기에도 반짝반짝 눈부셨다. 그 유우키가 학생들의 선두에 섰다면, 모두 기꺼이 따랐겠지.

그러고 보면, 하루카를 대할 때에도 유우키는 언제나 온화하고 다정한 것이, 분명 여자아이들에게도 인기가—

"그래서?"

"네?"

그 모습을 상상하느라 멍해져 있던 하루카는 당황하며 사카이에게 시선을 돌렸다.

"그 유우키랑 너, 무슨 관계야?"

다시 한 번 질문을 받고 하루카는 어디까지 말하면 좋을까 생각했다. 하루카에게 있어서 첫 만남은 자동판매기 앞이었지만, 그 만남부터 어떻게 매일 아침 함께 두 시간이나 되는 거리를 걸어 학교까지 오게 되었는지, 다시 그 질문을 받게 되니 어떻게 대답을 해야 할지 헤매게 되었다.

"뭐야, 비밀인가?"

뭔가 똑 부러지게 대답을 내놓지 못하는 하루카에게 사카이는 그렇게 말하며 빙글 웃었다. 뭔가 꿍꿍이가 있는 것 같은 말투에 하루카는 곤란해져 웃고 말았다.

"벼, 별로 비밀 같은 건 아니에요?"

"진짜?"

"진짜예요."

자신과 유우키의 관계는 지인 이상 친구 미만이라고 정해 놓은 상태였다. 아니, 겨우 친구가 되려고 하는 중이려나. 휴대폰 번호도 막 오늘 교환했을 뿐이었다. 나이 차는 그렇게 많이 느껴지지 않지만, 역시 학교 직원과 학생이라는 관계는 신경이 쓰이긴 하는데다, 무엇보다 유우키 같은 남자를 친구라고 부르기에는 주제 넘는다는 생각이 들었다.

"뭐, 네 친구가 늘어난다는 건 좋은 일이긴 하지만."

하루카의 결벽증을 알고 있는 사카이의 말에서 배려를 느끼며, 하루카는 쑥스러워져서 눈을 돌렸다.

연상의 친구가 거의 없는 하루카에게 있어서 사카이는 정말로 동경하는 사람이었다. 자신을 마음속 깊이 걱정해 준다는 것이 전해져서, 하루카는 걱정을 끼치고 싶지 않다는 생각에 다시 한 번 유우키와의 관계에 대해 입을 열었다.

"유우키와는 학교 안에서 알게 돼서. 일주일 전부터 매일 아침 학교까지 같이 걷고 있어요."

"어? 어디서부터?"

"저희 집 근처의 버스 정류장부터인데요."

"거기서부터라고?"

사카이는 유우키의 집 주소를 알고 있어서 거기부터 학교까지의 거리를 계산해 보고 놀란 것이리라. 버스에 타지 않는 이유가 있는 하루카야 어쨌든 유우키가 일부러 걷는 이유는 금방 떠오르지 않았던 걸지도 모른다.

사카이의 놀람처럼, 하루카는 다시 한 번 동요했다. 정말로 우연한 만남으로부터 그렇게 된 것이지만, 다른 사람이 듣기에는 역시 이상한 걸까.

"저기."

"그래서, 그 녀석, 무슨 짓이라도 했어?"

자신이 유우키에게 민폐라도 끼치고 있는 건 아닐까 걱정이 된 하루카가 사카이에게 물어보려 한 그때, 그가 조사라도 하듯 물어왔다.

"무슨 짓이라니, 그저 얘기하면서 학교에 오는 것뿐인데……."

사카이가 무슨 말을 하는 것인지 모른 채, 하루카의 목소리는 어떻게 해도 헤매는 것처럼 되고 말았다.

딱히 이야기를 각색한 것도 없고, 정말로 자신들은 단지 같이 길을 함께 걸었을 뿐이었다. 들어주는 것도 잘하고 말하는 것도 잘하는 유우키에게 이끌려 얘기는 꽤 잘 진전되고 있었지만, 그 이외에 딱히 하고 있는 것은 없었다.

"유우키한테도 제 병에 대해서는 이미 말해뒀고, 유우키도 저한테는 최대한 가까이 오지 않으려고 해 주고 있어요."

그렇게 배려를 받는 것에 가슴이 아플 정도였다.

"헤에."

하루카의 말을 어떻게 들은 것인지, 사카이는 웃으며 손을 뻗었다가 또 직전에 기억이 난 듯 거둬들였다.

커다란 그 손이 자신에게 무엇을 해 주려 했었던 것인지, 하루카도 그 정도는 알고 있었다. 달래주듯, 용기를 북돋아주듯 머리를 쓰다듬어 주는 그 손길은 분명 기쁠 거라는 것을 알면서도, 그런 상대의 손의 다정함조차 무서워하고 마는 자신이 한심스러워 견딜 수 없었다.

"뭐어, 됐어. 무슨 일 있으면 나한테 말하고. 나는 네 편이니까."

"네."

사카이는 금방 머릿속의 화제를 전환한 것처럼 컴퓨터를

켜고 데이터 입력을 시작했다. 하루카도 자신의 일로 돌아가려 했지만, 문득 손을 멈추고 창밖에 시선을 던졌다. 아직 이른 시간이어서 학생들의 모습은 거의 없었다.

'조금 더 생각을 해 보는 게 좋을지도 모르겠네.'

하루카에게 있어서는 유우키와 함께 하는 아침의 한때가 소중하고 즐거운 시간이지만, 타인의 눈으로 본다면 위화감이 넘치는 두 사람일지도 몰랐다. 유우키에게 폐를 끼치게 된다면 그거야말로 미안한 일이라, 하루카는 내일 이 사실을 분명히 전달하자고 생각했다.

"······그만두게 하는 쪽이, 낫겠······지."

작게 중얼거려 보았다. 그러자 지끈 하고 가슴이 무겁게 울려버렸다.

다음 날 아침, 언제나처럼 버스 정류장에 서 있으니 유우키가 버스에서 내렸다. 하루카의 얼굴을 보며 부드럽게 눈을 가늘게 하는 그 표정은 아무래도 연하로는 보이지 않았다. 그렇지만 하루카에게 있어서 하루의 활력이 되는 반짝반짝한 웃음은, 마주하고 있는 것만으로도 힘이 되었다.

"안녕하세요."

"안녕."

그리고 아침에 제일 먼저 주고받는 이 대화도 하루카에게 있어서는 너무나 소중한 것이었다. 그래도 유우키를 생각하면 자신이 즐겁다고 해서 언제까지나 어리광을 부리고 있을 수는 없는 일이었다.

언제나처럼 걸어가려고 하는 유우키의 등 뒤에, 하루카는 한 호흡을 두고 말을 걸었다.

"유우키."

그러자 유우키는 금세 멈춰서 돌아봐 주었다.

"왜 그러세요?"

하루카의 모습이 평소와 다르다는 것을 눈치채고 있었을 그였지만, 신경을 써 주는 것인지 하루카가 먼저 말을 꺼내지 않는 이상 유우키가 먼저 말을 꺼내지는 않았다. 그런 유우키의 다정함에 하루카는 오히려 마음을 단단히 먹을 수 있었다.

"저기, 내일부터는 버스에서 내리지 않아도 돼."

하지만 하루카가 그렇게 말을 꺼내자, 유우키는 어째서인지 눈에 조금 힘을 주었다. 아무래도 놀란 모양인데 그렇게 이상한 말을 꺼낸 것도 아니었다.

어쩌면 말의 의미가 제대로 전달되지 않았을지도 몰라서, 하루카는 자신이 안고 있는 감사의 마음도 포함해 말을 이었다.

"역시 매일 아침 걸어가는 건 힘들 거라고 생각하니까. 나는 어쩔 수 없지만, 유우키는 걸을 필요 없잖아?"

아무리 교수를 돕는 일을 하고 있다고는 해도, 이렇게나 날마다 아침 일찍 학교에 갈 필요까지는 없을 터였다.

처음에는 들은 그대로 속아 넘어갔었지만, 잘 들어 보니 교수의 일을 돕는 것은 매일이 아닌 데다가 오전이든 오후든 하루에 두 시간씩, 유우키의 시간이 비는 때라면 아무 때라도 상관없는 모양이었다.

다시 한 번 생각해 보면, 유우키가 하루카와 함께 매일 아침 이른 시간 학교에 갈 필요는 없다는 소리였다.

하루카와 만나게 된 후 처음 한 달간은 정말로 오전 중에 일찍 갔어야 했다고 쳐도, 지금은 그럴 필요가 없게 되었다면 무리해서 유우키까지 일찍 일어나게 만드는 것은 아무래도 미안한 일이었다.

"……제가 민폐였나요?"

그러나 하루카의 말을 어떻게 받아들인 것인지, 유우키는 심각한 표정이 되어 그런 말을 꺼내었다. 생각지도 못한 반응에 유우키는 당황해 머리를 가로로 저었다.

"저, 전혀 민폐같은 게 아니라니까? 그게 아니라, 유우키가……!"

유우키에게 미안함을 가지고 있는 자신의 마음을 어떻게

표현해야 좋을지 말이 막힌 하루카를 가만히 바라보던 유우키가, 어째서인지 커다란 한숨을 내쉬었다.

연상인 주제에 자기 생각 하나 제대로 표현하지 못하는 거냐고 힐난당하는 것인가 생각했는데 유우키는 자신의 머리카락을 벅벅 긁더니, 이번에는 자책하는 듯한 미소를 입가에 띄웠다.

그런 그답지 않은 표정에 당황하는 하루카에게, 유우키는 천천히 입을 열었다.

"제가 멋대로 시라이시 씨를 저랑 함께하도록 하고 있다는 건 알고 있습니다."

"어?"

"시라이시 씨 곁에 있으면 안심이 되는 것을, 주변이 온화한 공기로 변화하는 걸 느껴요. 그러니까 더욱 같이 있고 싶어져서……. 시라이시 씨는 혼자서 통근하고 싶어 하시는 걸 눈치채고는 있었지만 아무래도 이 아침 시간을 놓치고 싶지 않았어요."

자신의 얼굴을 정면으로 쳐다보며 풀어놓는 유우키의 말은 하루카에게는 전혀 생각지도 못한 것이었다. 매일 아침 그렇게 이른 시간부터 자신과 함께해 주느라 귀찮고 싫은 것은 아닐까, 그렇게 믿고 있었는데 설마 그 이상으로—이런 식으로, 함께 있는 시간을 소중하게 생각해 주고 있었을 줄이야.

하루카는 유우키가 보고 있는 자신의 얼굴이 새빨개져 있지는 않을까 초조해했다.

"시라이시 씨, 싫으신 게 아니라면 앞으로도 아침에 같이 학교에 가면 안 될까요? 아니면, 역시 혼자가 좋으신가요?"

싫을 리가 없었다. 귀찮은 병 탓에 사람과 만나는 것이 무서워서 좀처럼 교제를 가질 수 없었던 것일 뿐이지, 하루카가 사람을 싫어하는 것은 아니었다. 아니, 오히려 사람과 만날 기회가 없는 만큼 사람이 그립다 생각하는 적이 종종 있었다.

성인이 된 지금은 그 감정을 억누를 수 있게 되었지만, 이렇게 올곧게 바라봐 오는 시선 앞에 서서 부탁받고 있는 이 상황에서 자신이 먼저 거절을 할 이유는 없었다.

게다가 유우키가 자신과의 시간을 편하게 생각해 주었던 것처럼, 하루카도 유우키와의 시간을 소중하게 생각하고 있었다.

"시라이시 씨?"

장신의 몸을 구부려 얼굴을 들여다보는 유우키와의 거리가 가까웠다. 하루카는 반사적으로 물러서려던 것을 어떻게든 참으며, 유우키의 얼굴을 똑바로 바라보며 말했다.

"앞으로도, 잘 부탁해요."

그렇게 전달한 순간 떠오른 유우키의 미소가, 뭐랄까, 너무나도 눈부셨다.

두 걸음
쭈뼛쭈뼛 내딛는 발

 유우키의 마음을 직접 들은 이후로, 하루카는 통근을 지금까지보다 훨씬 즐길 수 있게 되었다. 서로 느끼고 있던 배려가 미묘한 것이었음을 알게 된 이후부터는, 조금씩이지만 서로를 찾는 마음의 여유도 생겼다. 무엇보다 하루카에게는 유우키의 다정함이 마음을 편하게 했다.

 걱정해 주었던 사카이에게도 상황을 잘 설명했다. 사카이는 열심히 유우키에 대해 변명하려는 하루카에게 질린 건지 어쩐 건지, 마지막에는 쓴웃음을 지으며, '좋은 친구가 생긴 모양이네' 하고 말해 주었다.

"아."

그렇게 매일을 보내고 있던 하루카였지만, 어느 아침, 무심결에 달력을 보고 턱이 벌어졌다.

"……한 달째다."

처음엔 유우키의 변덕이 끝날 때까지다, 하고 생각하던 함께 하는 통근은, 오늘로 딱 한 달째를 맞이했다. 이렇게나 시간이 순식간에 지나갔다고 느끼는 건 처음 경험하는 것일지도 모르겠다.

'그래도…… 슬슬…….'

유우키가 아침 일찍 버스 정류장에 내리게 된 지 두 달째.

아직 교수를 돕는 일은 계속되고 있는 것일까? 어떤 일을 하는 것인지는 모르지만 슬슬 끝날 때가 되지 않았을까?

그렇게 되면 일부러 아침 일찍 학교에 갈 필요도 없어진다. 더구나 걷는 시간을 생각한다면—

"……관두자."

거기까지 생각하고, 하루카는 고개를 옆으로 저었다.

이 한 달간 함께 있으면서 조금은 유우키에 대해 알게 되었다고 자부하는 마음은 있었다. 성실하고, 정직하고, 상냥한 유우키. 그는 하루카와 함께 있는 것이 즐겁다고 말해

주었다. 만약 사정이 변한다면 제대로 하루카에게 말해 줄
것이었다.

문단속을 확실히 확인한 하루카는 서둘러 만남의 장소인
버스 정류장으로 향했다.

그리고 언제나와 같은 시각에 도착하는 버스에서 장신의
유우키가 내렸다.

"안녕하세요."

"안녕, 유우키."

아침 제일 먼저 인사를 하고, 무의식적으로 미소를 띤다.
유우키도 똑같이 눈을 가늘게 뜨고 웃어 주었다.

"갈까요."

"응."

이 한 달간 바뀐 것이 두 가지 있다.

하나는, 유우키와의 거리였다. 사람과 닿는 것이 힘든 하
루카는 유우키를 상대로도 십 센티의 거리를 두었었지만,
지금은 그것이 처음의 반까지 줄어 있었다. 물론 보통의 친
구들처럼 장난치듯 몸에 닿는 것은 불가능했지만 가족이나
아주 친한 친구 이외에 이렇게 단시간에 이렇게나 가까이
할 수 있게 된 것은 유우키가 처음이었다.

그리고 또 하나는 계절. 지금까지는 아침에는 쌀쌀한 정
도라고만 생각하고 있었는데 오늘은 두꺼운 코트가 필요할

정도로 추웠다. 자신이 버스에 탈 수 있으면 좋을 텐데, 아직 그럴 용기가 하루카에게는 없었다.

이런 날조차 함께 걸어가게 하는 것은 미안한 일이라고 생각하면서, 하루카는 힐끔 유우키의 옆얼굴을 바라보았다.

'역시 멋있네.'

카키색의 딱 붙는 밀리터리 재킷에 따뜻해 보이는 와인색 머플러 차림의 유우키는 매우 스타일리시해서 뭔가 잡지에 나오는 모델 같았다.

거기에 비교해 자신은 어떨까, 이번에는 자신의 옷을 내려다보았다.

추워졌으니까, 하고 어머니가 일부러 보내 준 긴 더플코트는 오렌지색인데다, 머플러 색은 베이지였다. 너무 밝은 색은 좋아하지 않지만 모처럼 보내 준 것을 그대로 버려둘 수는 없는데다, 통판으로 새로운 코트를 사기에는 시간도 없어서 오늘은 결국 입고 말았다.

"그거."

그런 하루카의 시선을 눈치챈 것인지, 유우키가 이쪽을 보았다.

"색이 예쁘네요."

"어, 그, 코트?"

"시라이시 씨한테 잘 어울려요."

"고, 고마워."

칭찬받는 것은 기쁘지만 아무래도 색이 신경 쓰였다. 역시 새로운 코트를 고려하는 편이 좋을지도 모르겠다고 생각하고 있는데,

"시라이시 씨."

묘하게 바뀐 말투가 이름을 불렀다.

"왜?"

"저랑 같이 버스 타 보지 않으실래요."

그건 갑작스러운 말이었다. 아니, 너무 자연스러워서 대화의 연장선처럼 들려, 하루카는 바로 반응을 할 수 없었다.

발을 멈추고 말끄러미 유우키를 바라보자, 그도 멈춰 서서 곧은 시선을 하루카에게 보냈다. 그리고 혼란스러워하는 하루카를 향해 다정한 목소리로 한마디를 보탰다.

"버스, 타 보지 않으실래요?"

하루카는 숨을 삼켰다.

'어, 째서⋯⋯?'

이번에야말로 유우키의 말이 확실히 귀에 들렸다. 이제 그 의미를 이해한 하루카의 얼굴이 굳었다.

유우키에게는 처음부터 병에 대해 말했다. 어째서 이렇

게 되었는지 이유까지는 말하지 않았었지만 유우키는 그런 하루카를 그 이후로도 자연스러운 태도로 대해 주었었다.

하루카에게 있어서는 그 고백을 하는 것 자체만으로도 용기가 필요한 일이었고, 유우키가 그것을 받아들여 줬었던 것 자체가 몹시 기뻤던 것을 지금도 잘 기억하고 있다.

언제나 유우키는 하루카에게 신경을 써 주었다. 신체가 닿지 않도록, 대화 중에도 그것을 신경 쓰며 닿지 않도록 노력해 주었었다.

버스를 타지 않는 것도 이해해 주었고, 그래서 매일 아침 긴 거리를 같이 걷는 거라고 생각하고 있었다.

그런 유우키가 갑자기 꺼낸 말에 어떻게 반응해야 좋을지 하루카는 좀처럼 말이 나오지 않았다.

동요로 몸이 굳어 움직이지 않고, 목소리도 나오지 않는 하루카의 모양을 본 유우키의 표정이 일순 어두워졌다. 하지만 금방 그것은 사라지고, 유우키는 언제나 같이 변하지 않은 표정과 말투로 하루카에게 말을 걸었다.

"괜찮지 않을까 생각했어요. 시라이시 씨가 얼마나 힘든지 제가 잘 모르는 걸 수도 있어요. 하지만, 제가 보는 시라이시 씨라면, 이 한 달간 함께해 온 당신이라면, 한 발 더 내디딜 수 있지 않을까 해서."

"유우키……."

자신을 위해 생각하고, 진지하게 말해주고 있다는 것은 알았다, 아마 이렇게 말을 꺼낸 유우키도 하루카 이상으로 긴장하고 있을지도 몰랐다. 하지만 하루카는 자신의 얼굴이 금방이라도 울음을 터뜨릴 것처럼 일그러지고 있다는 것을 자각했다. 응 하고 고개를 끄덕일 수 없는 자신이 한심하고, 유우키에게 미안해서 견딜 수가 없었다.

기껏해야 버스에 타는 정도다. 단단히 장갑을 끼고 있으면 직접 누군가와 닿을 일은 없다고 머리로는 이해하고 있어도 긴 시간 피하고 있던 타인과의 접촉은 상상하는 것만으로도 무서워서 견딜 수 없었다.

사람들이 아무렇지도 않게 보통으로 할 수 있는 일이 자신에게는 불가능했다.

여자로 착각 당해 희롱 당하는 자신은 어딘가 결함이 있는 불량품이었다.

"……미안. 나한테는 무리야."

유우키의 시선으로부터 벗어나고 싶어 하루카는 무거운 다리를 질질 끌 듯 걷기 시작했다. 그 뒤를 유우키가 따라오는 것을 알았지만 이젠 멈춰 설 수 없었다.

"나를 생각해서 유우키가 말해준 것은 알고 있지만, 그래도, 나한텐 무리야. ……겁쟁이기도 하고."

"아뇨."

재빨리 쏟아놓는 하루카의 말을, 유우키가 강한 어조로 가로막았다.

　"정말로 약한 사람이라면 매일 아침 버스 정류장에 서 있거나 하진 않았을 겁니다. 시라이시 씨는, 포기하지 않고 극복하려는 노력을 멈추지 않고 있어요, 결코……."

　"미안."

　그 이상 듣고 싶지 않아 하루카는 말을 끊었다.

　뒷걸음질 칠 뿐인 자신에게 유우키가 싫증을 느껴도 어쩔 수 없다. 단지, 하루카는 어떻게 해도 두렵다고 생각하고 마는 버스에 발을 들일 용기를 낼 수 없었다.

　"……."

　하루카는 책장을 올려다본 채 깊은 한숨을 내쉬었다.

　'유우키, 왜 갑자기 그런 말을 꺼낸 걸까…….'

　이제 알게 된 지 한 달, 하루카의 사정도 알고 있는데 일부러 그런 말을 꺼낸 이유를 알 수 없었다. 진지한 유우키의 얼굴에는 하루카를 비난하고 있는 듯한 기색은 없었다. 굳이 어느 쪽이냐고 하자면 정말로 걱정해 주고 있다는 느낌이 강하게 전달되어 왔다.

　자신이 약한 탓에 유우키의 마음에 답해주지 못하는 걸까 생각하자 안 그래도 의기소침한 마음이 더욱 무거워질 정도였다.

그 이후로는 유우키와 아무 이야기도 하지 않고 학교까지 왔다. 문을 지나는 순간, 유우키는 '자, 그럼 내일 봴게요'라고 말해 주었지만 그게 제대로 실현될지는 모를 일이다.

적어도, 뭐라도 한마디, 딱 한마디만이라도 뭔가 말했더라면 좋았을 걸 생각하는데도, 그때의 자신은⋯⋯ 아니, 지금도, 무슨 말을 어떻게 해야 할지 전혀 짐작조차 가지 않았다.

"⋯⋯."

하루카는 또다시 한숨을 내쉬었다. 자신이 먼저 거절한 주제에, 이대로 유우키와의 아침 시간이 없어지게 되는 건가 생각하면 감당이 안 되는 외로움이 엄습해 왔다.

"시라이시?"

"⋯⋯."

"어이."

"아, 네."

눈앞 앞에서 짝, 하고 손뼉 치는 소리에 하루카는 앗, 하고 초점을 맞췄다. 당황해 얼굴을 내리자 곁에 서 있던 사카이가 걱정스러운 듯 얼굴을 들여다보고 있었다.

"무슨 일 있어? 기분 안 좋아?"

"아, 아뇨, 죄송해요."

일하는 중이었지, 하고 하루카는 당황하며 사과했다. 아무리 신경이 쓰인다고는 해도 이런 식으로 손을 멈춰 버리는 것은 자신이 잘못한 일이었다. 일과 사생활은 확실히 분리해 생각하지 않으면 안 된다고 마음을 다잡으려 했지만, 움직이기 시작한 손은 또다시 금방 멈춰버렸다.

그런 하루카의 태도에 위화감을 느낀 것인지, 사카이는 쉬었다 하라고 말했다. 방해된다고 분명히 말하는 것이었지만, 그 말 속에 따뜻함이 있는 것은 잘 알고 있었다.

"……죄송합니다."

"한숨 자면 머리도 개운해지겠지."

수면부족 같은 것이 아닌 걸 알고 있으면서도, 사카이는 그렇게 말하며 미간에 주름을 만들었다. 이런 식으로 사람을 배려해 주는 것이 가능한 사카이는 정말 어른이었다. 그리고 분명 무슨 일이 있었는지 알고 싶을 텐데 그걸 눌러 감출 수 있는 것도, 그다운 배려일 것이다.

그런 사카이에게 하루카는 무심결에 약한 소리를 하고 말았다.

"조금, 자신이 한심하게 느껴졌어요."

"한심해?"

"……왜 이렇게 약한 걸까 하고……."

더 정신적으로 강했더라면 유우키의 제안을 그 자리에서

받아들일 수 있었을 것이다. 아니, 매일 아침 먼 길에 유우키를 어울리게 할 일도 없었을 것이다.

만약 그랬더라면, 애초에 유우키와 만날 일도 없었을 거라는 점은 머릿속에 전혀 떠올리지 못한 하루카는 그렇게 말하며 오늘 했던 것 중 가장 큰 한숨을 내쉬었다.

"너는 약하지 않잖아."

하지만 하루카의 생각을 사카이는 그 자리에서 부정했다.

"정말로 약했다면 자취 같은 건 하지도 않을 테고, 뭣보다 매일 쉬지도 않고 학교까지 오지도 않을 거잖아? 집 안에 처박혀서 계속 혼자 있는 쪽이 얼마나 안정적이고 즐거운지, 누가 생각해도 알 수 있는 일이잖아. 그런데도 제대로 여기에 와서 일하고 있는 네가, 내 눈에는 강해 보인다고."

너무 칭찬했나, 하며 웃는 사카이의 말에 하루카는 당황하며 고개를 숙였다. 울 것 같은 얼굴을 보여주고 싶지 않았기 때문이었다.

아직 노력이 부족하다고 생각하고 있어도 누군가에게 인정받는 말을 들으면 너무나 기쁘다. 그것이 함께 일하고 있는 동료라면 더욱더.

'조, 조, 조금은 필요, 한 걸까.'

여기 있어도 괜찮다고 말해주는 것 같아서, 하루카는 감사를 표시하듯 깊게 머리를 숙이고 걸음실로 향했다.

어쩐지 조금 기분이 나아져서 조금 쉬고 난 뒤에는 어떻게든 실수하지 않고 일을 계속할 수 있었지만, 아무래도 유우키의 일이 머릿속을 떠나지 않았다.

직접 목소리를 듣는 것은 무서워서, 적어도 문자로 오늘 아침의 태도를 사과할까 생각은 했지만, 아무래도 손가락이 움직이지 않아서 그날 밤은 늦게까지 휴대폰을 쥐고 있었다.

다음 날.

"……."

출근 준비는 끝냈지만 좀처럼 현관을 여는 일이 쉽지 않았다. 어쩌면 오늘 유우키는 버스에서 내리지 않을지도 몰랐다.

다정한 미소를 띤 채 아침 인사를 건네는 유우키의 모습을 이제는 볼 수 없을지도 모른다고 생각하자 언제나 가던 시간에 버스 정류장에 가는 것이 무서워졌다. 결국 십 분 정도 늦게 집을 나서게 되고 말았다.

"……추워……."

오늘도 아침부터 바람이 찼다.

목도리 안에 얼굴을 파묻듯 하고 걸으며 하루카는 일부

러 버스 정류장에 시선을 주지 않도록 했다. 보지 않으면 없다는 것도 알지 못할 것이었다.

"안녕하세요, 시라이시 씨."

"!"

하지만, 돌연 자신을 향해 던져진 말에 하루카는 반사적으로 얼굴을 들었다. 거기엔 절대로 있을 리 없다고 생각하고 있던 유우키가 서 있었다.

"늦잠 잤어요?"

하루카가 언제나 오던 시간에 오지 않은 이유를 예리한 유우키가 알아차리지 못했을 리가 없었다. 그런데도 그것을 일절 건드리지 않는 그의 태도는 변함없이 평소의 모습 그대로였다.

어떻게 말을 돌려주어야 할지 몰라 입술을 물고 고개를 움츠린 하루카에게, 유우키는 생각지도 못한 말을 던져왔다.

"어제는 죄송했습니다. 시라이시 씨의 기분도 생각하지 않고 제 마음만 밀어붙여 버려서…… 제가 기분 나쁘게 만들어 버렸죠?"

하루카에게 배려 없이 무리한 일을 밀어붙여서 괴롭게 만들어 버렸다고 생각하니 잠이 안 왔다고 전해오는 유우키에게, 하루카는 격하게 고개를 좌우로 흔들었다.

"내, 내 쪽이야말로, 미안했어."

"아뇨, 제가."

"나라고."

아무도 없는 이른 시간의 버스 정류장에서 두 사람이 서로 고개를 숙여대며 사과를 했다.

유우키가 잘못한 것이 아니라는 것을 알고 있는 하루카는 사과를 받으면 받을수록 미안해졌다. 어쨌든 자신이 잘못했다고 필사적으로 말하자 잠시 후 머리 위에서 풋 하고 작게 웃음을 터뜨리는 소리가 들렸다.

"자아, 그럼 둘 다 잘못한 게 아니었다는 걸로 결론 내려도 괜찮을까요?"

"유, 유우키……."

찔끔찔끔 고개를 들자 유우키는 다정한 얼굴로 고개를 끄덕여 주었다. 분명, 이 이상 하루카에게 죄책감을 안기지 않기 위해서 또 유우키가 먼저 양보해 준 것이다.

자꾸 이런 식이면 누가 연상인지도 모르겠다. 어쨌든 이이상 유우키와 사이가 벌어지는 일은 만들고 싶지 않았다.

하루카가 유우키의 제안을 받아들이는 의미로 고개를 끄덕이자, 유우키도 한숨 놓은 듯 웃었다. 그도 긴장하고 있었다는 것을 그것만으로도 알 수 있어서, 하루카는 또 그것에 대해 사과하려 했지만 그만두었다.

"늦었네요, 갈까요."

정신을 차리자 언제나 출근하던 시간보다 이십 분이나 늦어 있었다. 여유를 가지고 집을 나섰다고 해도 이 이상 시간을 잡아먹을 수는 없어서, 하루카는 유우키와 나란히 걷기 시작했다.

아직 어색함이 남아 있었지만 유우키는 지금까지와 다를 바 없이 하루카에게 말을 걸어 주었다. 어제의 일은 전부 없었던 일로 해 주는 거구나 생각하자 하루카의 입에서 자연스럽게 말이 흘러나왔다.

"……유우키는 다정하구나."

"제가요?"

"응."

마치 생각해 본 적도 없다는 것처럼, 유우키는 조금 놀란 듯 반문했다. 평소에는 어른스러워 보이는 그가 어째서인지 귀여워 보였다.

일상으로 돌아갔다.

아니, 하루카의 안에서는 조금씩 변화가 일어나기 시작했는지도 몰랐다. 그것은—

"어쩌실 건가요?"

"……죄송합니다."

재촉하는 버스 기사의 목소리에 사과를 하며, 하루카는

한 발 계단 위에 올렸던 발을 되돌렸다. 몸을 뒤로 물리자 금방 버스는 문을 닫고 출발했다.

"……오늘도 못 탔다……."

"그래도, 어제보다 긴 시간 계단에 있었어요."

유우키는 위로하듯 말해 주었지만 길어봤자 딱 몇 초였다. 그것만으로는 사태가 호전되고 있다고는 아무래도 말하기 어려웠다.

"어렵네."

이미 흔적도 보이지 않게 멀어진 버스의 뒤를 쫓기라도 하듯 한동안 시선이 방황하다가, 하루카는 커다랗게 한숨을 쉬고 걷기 시작했다.

"대체 언제쯤이 돼야 버스에 탈 수 있으려나……."

"허둥지둥 서두를 거 없이 천천히 해도 괜찮아요."

유우키가 버스를 타 보면 어떻겠냐고 권한 이후로, 하루카의 안에 오랜 시간 웅어리져 있던 공포에 조금이나마 금이 생겼다.

사람과 닿을지도 모른다는 공포는 물론 컸지만, 그 이상으로 변화하지 않으면 안 된다는 생각이 급속도로 커졌던 것이다.

오랜 시간 생각해 오고 있던 것이었지만, 대학을 졸업하고 취업을 하고, 유우키와 만나게 된 후부터 눈에 보이지 않을 정도로 아주 조금씩, 마음은 변화해 가고 있었던 모양이었다.

그 계기가 된 것이 요전번 유우키의 발언이었다. 그리고 이번에는 하루카가 먼저 스스로 버스에 타 보겠다고 말했다. 하지만 처음부터 오랜 시간 타는 것은 아무래도 무리여서, 먼저 한 정류장 정도만 가 보는 것을 목표로 정해 보았다.

정해 놓기는 했는데 마음과 달리 몸은 간단히 움직여 주지 않아 열린 문 앞에서 꼼짝없이 서 있는 날들이 이어졌다.

어떤 날은 버스 정류장에 서 있는 것조차 할 수 없었다.

이윽고, 한순간이지만 계단에 발을 올릴 수 있게 되었다. 하지만 다음 순간 다시 발을 물려 결국 버스에 타지는 못하는 하루카를, 버스기사도 승객도, 이상하게 생각하며 보고 있었을 것이다. 실제로 운전기사가 짜증 난 목소리로 재촉한 적도 있었다.

그때에 굳어버린 하루카 대신 유우키가 대응을 해 주어서, 결심한 이후 한 열흘 정도 지난 오늘은, 지금까지 중에서 가장 오래 버스에 한쪽 발을 올려둘 수 있었다.

"내일은, 어쩌면 탈 수 있을지도 모르겠네요."

"빨리 탈 수 있게 되면 좋을 텐데……."

"아침에 편해지니까?"

놀리듯 던지는 말에 하루카는 얼버무리듯 웃었다. 물론 매일 아침 약 두 시간이나 되는 통근시간이 엄청나게 단축되는 것은 매력적이었다. 하지만 그 이상으로 하루카가 생각하고 있는 것은 유우키의 부담을 줄이고 싶다는 것이었다.

'같이 있는 시간이 줄어드는 것은 아쉽지만 그게 유우키를 위해서도 더 좋을 테고.'

"응?"

"시라이시 씨랑 같이 있는 시간이 줄게 되겠네요."

"……웃, 무, 무슨 소리를 하는 거야."

'어, 어째서?'

마치 하루카의 마음속을 들여다본 것 같은 말에 당황해서, 가볍게 뺨을 두드렸다. 부끄러우면서도 그 이상으로 기뻐서, 어떻게 반응해야 좋을지 몰랐다.

"하지만, 시라이시 씨, 식사하자고 권해도 OK 안 해주실 거죠? 같이 있을 수 있는 시간은 아침밖에 없으니까, 그게 짧아지면 쓸쓸할 거예요."

말한 대로, 유우키는 하루카를 종종 초대해 주었다. 점심 식사를 시작으로 저녁이나 휴일에 놀러 가자는 등, 이쪽이 미안할 정도로 말을 걸어왔다.

아직 대학생인데다 인기인인 유우키는 분명히 여기저기서 초대받는 일도 많을 것이다. 그렇지 않아도 아침 시간을 구속하고 있는 상황이다. 그 외의 시간까지 자신의 일로 신경을 써 주지 않아도 되는데, 어째서인지 유우키는 하루카와의 시간을 가지려고 해 주었다.

거기에 거의 응해주지 못하는 것이 마음 아팠지만, 역시 사람이 많은 장소로 외출하는 것은 아직 무리였다.

"시라이시 씨는? 쓸쓸하지 않아요?"

얼굴을 들여다보면서 물어보는 말에, 하루카는 당황하며 응 하고 고개를 끄덕였다.

"쓸쓸해."

"진짜?"

"그래도, 역시 빨리 버스에 탈 수 있게 되고 싶어."

정말 아주 작은 한 보라도, 내디딜 수 있게 된다면 무언가가 변할 것 같은 기분이 들었다. 그 한 걸음을 유우키와 함께 내딛고 싶다고 하루카는 생각하고 있었다.

더디고 더뎌서, 하루카의 결벽증 극복은 진전이 없는 것처럼 보였다. 날이 바뀜에 따라, 결심도 차츰 수그러들었다.

"쓰러질 것 같으면 제가 확실히 붙잡아 드릴게요. 다른 사람들도 시라이시 씨의 몸에 닿게 하지 않을 테니까."

그래도 유우키는 서두르지 않고, 포기하지 않고, 하루카에게 그렇게 말해 주었다. 부모님에게조차 닿는 그 순간은 공포심이 먼저 일어선다. 유우키에게 닿게 된다면…… 자신은 그 손을 뿌리쳐 버리진 않을까 불안했다.

하지만 한편 유우키라면 괜찮을지도 모른다는, 어쩐지 묘한 확신도 있었다. 실제로는 손도 닿지 않도록 하고 있는데 묘한 얘기일지도 모르겠다.

"아, 왔다."

학교에서 한 정거장 전 정류장에 서 있던 하루카는 다가오는 버스를 지그시 바라보았다.

"……흔들리면."

그리고 이번에는 유우키에게 시선을 돌렸다.

"받아 줄 거야?"

"물론."

즉각 돌아오는 힘 실린 대답에 용기를 낸 미소를 보이고, 하루카는 버스가 멈추는 것을 기다렸다.

'……괜찮아.'

오늘도 계단에 멈춰선 채 버스에 타지 못할지도 몰랐다. 그래도 내일은 혹시 탈 수 있을지도 몰랐다.

하루카가 크게 심호흡을 하는 그때 버스의 문이 열렸다.

"……."

"……."

유우키는 아무 말도 하지 않고 하루카의 뒤에 서 있었다.

'괜, 찮…… 아.'

한 번 더 숨을 들이마신 하루카는 천천히 한 발을 계단 위에 올려놓고,

"……읏."

탄력을 이용해 한 발 더, 발을 내디뎠다.

'어……?'

다음 순간에는 어처구니없이 버스에 타고 있는 자신이 있었다.

"출발합니다."

버스 기사가 그렇게 말하고 문을 닫았다. 언제나 타지 않 는 하루카가 버스에 탔다는 사실에 차내의 시선이 자신에 게 집중되는 것을 느꼈지만, 긴장하고 있는 하루카에게 있 어서는 신경도 쓰이지 않았다.

자리는 몇 개나 비어 있었지만 하루카는 입구 바로 앞에 선 채 손잡이도 난간도 잡지 않고 다리를 벌린 채 버티고 섰다.

"괜찮아요?"

하루카의 옆에는 유우키가 서 있었다. 아무것도 잡을 수

없는 유우키의 몸을 언제든 지탱해 주기 위해 있었다. 급브레이크를 잡는다고 해도 하루카의 몸이 바닥으로 쓰러질 일은 없을 터였다.

단지 지금 하루카는 주변에 시선을 돌릴 여유가 없었다. 그 사건 이후로 처음 버스에 탄 긴장감은 정점에 달해 손도 다리도 표정조차 긴장되어 있었다.

시간은 오 분도 지나지 않았을 텐데, 하루카에게 있어서는 한 시간, 아니, 몇 시간처럼 느껴진 여정이 문득 끝을 알렸다. 대학교 앞의 버스 정류장 이름이 방송으로 나와, 내릴 학생이 버튼을 눌렀다.

"다음에 내려요."

"다, 다음? 벌써?"

"벌써, 예요."

버스 정류장 한 구간이다. 시간은 이른 아침이라, 평범하게 생각하면 시간이 얼마 걸리지 않을 거라는 것은 알고 있긴 했지만, 이제 겨우, 아니, 벌써 끝이라니.

이윽고 버스 정류장에 도착해 문이 열리고 승객의 반 정도가 내렸다. 그 직후에 하루카는 유우키에게 재촉 당하듯 버스에서 내렸다.

"……."

"……."

"……도착했다."

"도착했네요."

"……뭔, 가, 싱거웠어."

그렇게나 무섭다고 생각했었는데 버스 안에서는 아무것도 아니었다. 누군가에게 건드려지는 일도 물론 없었는 데다, 하루카 쪽에서 닿는 일도 없었다.

어리둥절해하면서 하루카는 자신의 손을 내려다보았다. 털장갑 속, 아주 얇은 고무 재질 장갑 안의 손은 흥건히 땀범벅이 되어 있었지만, 신기하게도 지금은 그것이 불쾌하지 않았다.

"내일, 어떻게 하실래요?"

하루카가 진정할 때까지 기다려 줬던 것인지, 조금 시간을 두고 유우키가 물어왔다. 그 말에 하루카는 아주 자연스럽게 대답했다.

"……타 볼래."

"그래요."

"유우키."

"물론 저도 같이 탈 겁니다."

똑똑히 말해주는 유우키를 물끄러미 올려다보면서 하루카는 무심결에 물어보고 말았다.

"어째서 그렇게 나를 도와주는 거야? 엄청 귀찮은 일이기도 하고, 난 유우키에게 기대기만 할 뿐인데⋯⋯."

처음부터 유우키는 상냥했다. 우연히 버스 안에서 보고 있다가 대학교에서 알게 되고. 그 이상의 깊은 관계 같은 건 전혀 없었는데, 정신을 차려보면 언제나 곁에 있어 주었다.

친구라고 하기에는 그 존재가 너무나도 반짝거려서, 하루카의 가슴을 두근두근하게 만드는 유우키. 하지만 그 이외의 기분을 부르는 말이 따로 있을까.

"당신이 용기를 내서 한발 내디딘 거니까, 저도 한발, 나서지 않으면 안 되겠네요."

"유우키가?"

지금까지도 충분히 똑바로 앞을 바라보며 걷고 있던 그가 뭘 망설이고 있었던 걸까. 상상이 되지 않아서 그저 바라볼 수밖에 없는 하루카에게, 유우키는 부끄러운 듯이 한순간 눈을 피했다. 그 다음 금방 얼굴을 들고 딱 잘라 말했다.

"당신이 좋습니다."

"⋯⋯어?"

"저는⋯⋯ 당신이 좋습니다, 시라이시 씨."

그것은, 전혀 생각지도 못했던 말이었다.

세 걸음
일렁일렁 흔들리는 마음

"시라이시."

"……."

"시─라─이─시─"

"……."

"……확 만져 버릴까나아~ 하나~ 둘~"

"으앗?"

눈앞에 뻗어오는 손을 본 순간 하루카는 자신도 모르게 고함을 치며 뒤로 몸을 젖혔다. 그 순간 앉아 있던 의자가 크게 기울어 버려서, 결과적으로는 볼썽사납게 엉덩방아를

찢고 말았다.

　"……으윽."

　도서관은 개관 직후인 시간이라 아직 사람이 없어서 지금의 추태는 눈앞에 있는 사카이 이외에는 본 사람이 없었다.

　그래도 충분히 부끄러워서 하루카는 귀까지 뜨거워지면서 의자를 원상복구 시켰다.

　"그래서?"

　그런 하루카에게 사카이는 불쑥 얼굴을 들이댔다.

　"……그래서?"

　"이번엔 왜 넋 놓고 있던 거야? 오늘도 버스 타기 도전 실패했어?"

　사카이에게는 버스를 타려고 노력하고 있다는 말은 해두었었다. 언제나 자신을 걱정해 주는 사카이에게는 하나하나 보고를 해서 안심시키고 있었던 것이다.

　하지만 아무리 그래도 오늘 아침의 일은 말할 수 없었다. 아니, 하루카 자신조차 유우키의 그 말이 정말이었는지 아닌지, 혹시 꿈이었던 건 아니었을까 생각할 정도였다.

　"저는…… 당신이 좋습니다, 시라이시 씨."

그런 식으로 고백 받은 것은 처음이라 그 후 자신이 무슨 말을 했었는지, 어떻게 행동을 했었는지 전혀 기억이 없었다. 아니, 말도 안 되는 말을 하면서 도망가는 것밖에 할 수 없었던 것 같다.

"아악."

"뭐, 뭐야. 갑자기 소리 지르지 마."

이제 와서 뒤늦긴 하지만 맹렬한 수치심에 엄습 당해 절규하며 머리를 끌어안은 하루카를, 사카이는 괴상하다는 듯 보고 있었다.

사카이의 눈으로 본다면 의미 불명의 언동이겠지만 지금의 하루카는 냉정하게 있을 수 없었다.

"어이."

"아, 아무 일도 아니에요."

도저히 아무 일도 아니라고는 말할 수 없는 태도였을지도 모른다. 그래도 하루카는 잽싸게 그렇게 말하며 사카이에게서 등을 돌려 카운터 위에 올려져 있던 반납도서를 급히 손으로 들고 안쪽 책장을 향했다.

"당신이 좋습니다."

'유우키가, 나를?'

대체, 언제부터 그런 생각을 하고 있었던 걸까. 만난 처음부터 지금까지 두드러지는 태도의 변화가 없었던 것 같았기 때문에, 그 시기가 언제인지 도무지 알 수 없었다.

애초에, 그 외모와 성격을 가진 유우키가 인기가 없을 리도 없었다. 사실, 하루카는 실제로 여자애들에게 둘러싸여 있는 유우키를 본 적도 있고, 사카이의 입에서 그의 소문도 들었다. 그런 그가 연애 대상으로 일부러 동성을 고르다니.

게다가— 하고, 하루카는 커다란 한숨을 내쉬었다.

애초부터 하루카가 이런 성가신 병에 걸리게 된 것은, 초등학교 때의 그 사건 이후였다. 성인 남자에게 성추행을 당하는, 성적 대상이 되고 말았던 것이다. 설령 그것이 여자아이로 착각한 탓이었다고는 해도 몸을 만져졌던 것은 사실이었다.

그런 자신이 유우키를, 같은 남자인 그를 연애 대상으로서 보는 건 이상했다. 그런 건 분명히 잘못되고 있는 것이다.

그 자리에서 딱 잘라 그렇게 말해도 됐었을 텐데, 하루카는 유우키에게 거절의 말을 하지 않았다. 놀라서 목소리도 나오지 않았다는 것은 궤변이다. 하루카는 유우키에게 상처를 주고 싶지 않았고, 무엇보다도 그런 것으로 유우키와의 연을 끊고 싶지도 않았다.

이상함과 혐오감은 없었지만 아마 너무 놀라서 감각이 마비되어 있던 것이었을지도 몰랐다.

"……어떡하면……."

대답을 미뤘다고는 해도, 유우키가 고백한 사실은 사라지지 않는 데다, 그도 대답을 구해 올 터였다. 받아들일 수가 없는 하루카는 거절할 수밖에 없지만 유우키의 마음을 거절한다면, 이번에야말로 매일 아침의 동반출근은 그만둘 수밖에 없게 된다.

손에 끼워져 있는 장갑. 이것이 있는 한, 맨살로 악수하는 것조차 무리였다. 그 말은 즉, 키스도—

"우앗……."

대체, 무슨 생각을 하고 있는 것인가. 타인과는 손끝조차 닿을 수 없는 자신이 누군가와 입술을 맞추는 것 따위 가능할 리가 없다.

'제대로 거절하지 않으면.'

대답을 늦출 대로 늦춘 다음에 거절한다는 허울만 좋은 짓은 하고 싶지 않았다.

고백이라는 것은, 어쩐지 신비롭다.

받아들일 수 없다고 충분히 이해하고 있는데도, 자신이 누군가의 마음속에 있다는 사실은 기쁘다. 뭐든 그저 그런

데다 멋지지도 않다고 생각한 자신이 누군가에게 마음을 받는다. 누군가의 눈 안에 들어가 있다. 그렇게 생각하는 것만으로 가슴속이 따뜻해졌다.

"안녕, 시라이시 씨."

"안, 녕."

그래서 다음날 언제나의 버스 정류장에 도착할 때까지, 하루카는 유우키와 만났을 때의 동요가 얼마나 클까 상상할 수밖에 없었다. 심장이 두근거려도 제대로 말할 수 있을 거라고 생각했다.

버스에서 내리는 유우키의 모습을 보자 몸이 경직되고, 이름이 불리자 목소리가 막혔다.

집을 나올 때까지는 빨리 거절하지 않으면, 하고 생각했는데 그 말조차 나오지 않았다.

그런 하루카의 상태를 보기만 해도 알겠는지, 유우키는 곤란한 미소를 띄우며 고백에 대해서는 아무 말도 하지 않고 걷기 시작했다. 하지만 몇 걸음 걷고 그 자리에 멈춰 선 하루카를 눈치채고 돌아보았다.

"지각해요."

직장인인 하루카에게 그 말은 꽤나 효과가 있었다. 반사적으로 발을 움직여 종종걸음으로 유우키의 곁까지 서둘러 다가간 뒤 서둘러 걷기 시작했다.

"오늘도 춥네요. 옷은 따뜻하게 입었어요?"

"히트텍 입었어."

"그럼 안심이네요."

별 내용 없는 대화 중에도, 고백의 냄새는 전혀 나지 않았다. 직접 물어봐 오면 분명히 대답하기 힘들었을 것이다. 그런데 이렇게나 완벽하게 그냥 넘어가 버리니, 반대로 유우키의 마음에 대해 걱정하게 되었다.

어제의 고백은 대체 뭐였던 것일까. 설마 자길 가지고 노는 것은 아닐까, 아니, 유우키가 다른 의도로 말한 것을 자신이 잘못 들었던 것은 아니었을까.

그렇게 직접적인 단어를 잘못 들었을 리가 없는데도, 유우키가 너무나 일상적인 태도를 취하니 어떻게 반응을 해야 할지 헤맸다.

'그래도, 내가 먼저 말을 꺼내는 건……'

그건 좀 힘들겠다 생각하고 있는데 옆에서 걷고 있던 유우키가 후우 한숨을 내쉬는 소리가 들렸다.

"……곤란하네."

"응?"

옆을 보자 웬일로 유우키가 자신을 보고 있지 않았다. 어쩐지 그것이 미묘하게 서운했다.

"시라이시 씨를 곤란하게 하고 싶지는 않은데…… 역시

그런 표정을 짓게 해 버렸네요."

"유우키."

"제 고백, 거절하려고 생각하고 계시죠?"

앗 하고 소리를 내 버린 하루카는 당황하여 입을 막았다. 하지만 유우키는 놓치지 않은 듯 역시나, 하고 작은 목소리로 중얼거리는 것을 들었다. 언제나의 그답지 않게 쓸쓸한 목소리에 부정하려고 입을 열었다. 하지만 결국 답은 똑같을 터였다. 끝내 아무 말도 할 수 없어 하루카는 그저 고개를 숙이고 자신의 발끝만 바라볼 수밖에 없었다.

지금 유우키와 시선을 마주하는 것은 무서웠다. 자신이 받아들이지 않은 것인 주제에, 유우키가 먼저 자신을 끊어 버리는 것이 무서웠던 것이다.

"아직 이른가 싶긴 했지만…… 시라이시 씨가 앞으로 나아갈 수 있게 되면, 그렇게 되면 다른 사람이 눈 깜짝할 새에 채갈지도 모른다고 조바심이 나서……."

뜻밖의 말에 하루카는 반사적으로 머리를 들고 말았다. 그 순간 유우키와 눈이 맞았지만 이번에는 시선을 피할 수가 없었다.

"나, 는…… 앞으로, 나아가는 것 따위……."

"버스에 탈 수 있었잖아요. 시라이시 씨에게 있어서 그건 엄청나게 큰 한 발이었잖아요?"

줄곧 곁에 있어 주었던 유우키는 알 수 있었던 것이다. 버스에 탄다는, 누구에게나 가능한 그 일에 하루카가 도전하는 것이 얼마나 대단한 일이었는지. 주먹 쥔 하루카의 손이 땀에 흠뻑 젖어가도 장갑 때문에 보이지 않는 것처럼, 유우키도 평소와 변함없는 태도를 가장하며 지켜봐 주고 있었던 것이었다.

"대단하다고 생각했습니다."

"유우키······."

이렇게나 자신을 생각해 준 사람이 있었던가.

당연한 듯 가족으로부터 받았던 애정과는 다른, 몇 되지 않는 친구들의 격려와도 다른, 지켜보아 주는 유우키의 다정함은 하루카에게 있어서 특별한 것으로 생각되었다.

'나······.'

그 생각은 대체 어떤 종류의 것일까.

지금까지 사람과 깊이 관련되지 않았던 하루카에게는 바로 대답이 나오지 않았다.

단지, 어제의 충격이 가신 지금 가장 강하게 느끼고 있는 것은 기쁨이었다. 이런 자신을 보아주고, 옆에 있어 주면서, 호의를 표해주고 있는 사람이 있다는 것이 너무나 기뻤다.

"······유우키."

"네."

하루카가 무슨 말을 할까 유우키의 표정이 조금 긴장되었다. 그런 섬세한 변화까지 알 수 있게 된 걸까 하고, 어느 사이엔가 가까워진 자신들의 거리에 겨우 미소가 떠올랐다.

"고마워. 사실은, 어제 제대로 말했어야 했는데."

어떤 종류이건 간에, 미움 받는 것보다는 좋아해 주는 것이 훨씬 좋다. 그것이 자신이 호의를 가지고 있는 상대로부터라면 더욱더 특별했다.

"……그거, 거절한다는 말인가요?"

"유우키."

"갑자기 남자에게 좋아한다는 말을 들어봤자 시라이시 씨가 곤란한 것은 당연한 일이겠죠. 기분 나쁘지 않은 게 다행이라고……."

"아냐."

유우키는 자조의 말 따위 어울리지 않는다. 애초에 연애의 자격이 없는 것은 자신 쪽이다. 하루키 이외의 사람이었더라면 분명히 유우키의 고백에 허둥대며 망설일 것 없이 고개를 끄덕였을 것이다.

"내가 문제인 거야. 내가, 다른 사람들이랑 다르니까."

"시라이시 씨?"

유우키에게는 자신이 결벽증이라는 사실을 알렸다. 하지만 어째서 그렇게 된 것인지는 유우키가 이상한 눈으로 보지 않을 거란 걸 예상하고 있어도 무서워서 도저히 말할 수 없었다.

하지만, 정면으로 호의를 받고 있는 지금, 자신도 진지하게 응하지 않으면 안 되었다. 그것이 보통 남자가 경험하는 일이 아니라고 할지라도, 제대로 자신의 입으로 유우키에게 말해주고 싶었다.

"……나 있잖아, 오학년 때에…….."

입 밖으로 말을 꺼내기 전에 크게 심호흡을 했다. 손이 차가워졌지만 꾸욱 주먹을 쥐었다.

"어, 어른 남자한테…… 추행 당했었어."

사정을 알고 있는 사람들은 하루카를 배려해서 사건에 관련된 일은 입에 담지 않았다. 그래도 뒤에서 소문이 돌고 있다는 것은 아무리 어렸다지만 다른 사람이 자신을 보는 시선에서 알아챌 수 있었다.

이사를 한 다음에는, 주변 사람들은 아무도 사건을 몰랐지만 하루카에게는 결벽증이라는 커다란 후유증이 남아 버렸다. 그 이유를 친구들에게도 말할 수 없어서, 단지 마음속에 담아 두고 혼자서 견뎌왔다.

입에 담는 것조차 역겨운 그 일은 하루카의 마음속 깊은

곳에 뿌리박혀 있었지만, 의사들은 무리하게 잊어버리려고
는 하지 말라고 말해 주었다.

'결국 그것을 자연히 말할 수 있게 된다면, 네 안에서 그
일이 완전히 과거의 일이 되었다는 거니까'라고, 온화한 말
투로 타일러 주었다.

지금까지 하루카는 스스로 나서서 그 사건에 대해 말하
려 했던 적은 없었다. 그것은 그 일이 하루카의 안에서 아
직 과거가 되지 못한 것도 있고, 상대의 반응이 무서워서
말하지 못했던 것도 있었다.

하지만 유우키라면—그라면, 그 사실을 알게 되어도 자
신을 보는 눈이 변할 거라고는 생각하지 않았다. 근거도 없
는 강한 확신. 그 정도로 하루카는 언제부턴가 유우키를 자
신의 마음 안에 들이고 있었다.

"만져지고, 하지만, 금방 구출 받았어. 범인도, 붙잡혔
고. 단지, 나는 그때부터 사람이랑 닿을 수 없게 됐어. 닿는
것이 무서워졌어. 부모님이 머리를 쓰다듬은 것 정도로 실
신해 버릴 정도여서…… 꽤나 오랜 시간, 어른이, 사람이,
무서웠어."

그럼에도 불구하고 부모님은 끊임없는 애정을 쏟아부어
주었다.

그랬기 때문에, 지금 하루카는 여기에 서 있을 수 있게

되었다.

"유우키가 좋아한다고 말해 주어서 놀라고, 곤란하기도 했지만…… 그래도, 기뻤어, 엄청."

"시라이시 씨……."

"그래도 나는 보통 사람들처럼 누군가와 애정을 나눌 수가 없어. 키, 키스는 물론이고 손도, 잡을 수 없어."

하루카의 머리를 쓰다듬으려 하다가 유우키가 정신을 차리고 당황하며 손을 거두었던 적이 몇 번이고 있었다.

걷고 있을 때에 차가 위험하니까, 하고 보통사람이라면 가볍게 몸을 밀면 되는 것을, 언제나 차도 쪽에서 걸으며 주변을 경계해 주며 말로만 주의를 시켰다.

책에서 읽은 연인들은 당연하듯 애정을 담아 상대를 만졌다. 그것이 지금의 하루카에게는 불가능한 것이었다.

유우키는, 때때로 말이 막히면서도 이야기하는 하루카의 말을 끝까지 들어 주었다. 결벽증의 원인이 된 사건을 알게 된 때에는 무서운 얼굴이 되었으나, 그 뒤로는 하루카를 배려하는 다정한 눈빛을 보내주고 있었다.

역시, 유우키는 상냥하다고 생각했다. 자신을 제대로 전달할 수 있어서 잘됐다, 하고 하루카는 어쩐지 마음의 응어리가 가벼워진 기분이 들었다.

"그러니까, 사귀는 건 할 수가 없어. 정말로, 미안해."

머리를 깊숙이 숙여, 유우키의 마음에 답해주지 못하는 것을 사과한 하루카는 천천히 머리를 들고 유우키의 얼굴을 보았다. 그는 무언가 생각에 빠진 것처럼 미간에 주름을 만들고 있었지만, 조금 있자 하루카에게 시선을 맞춰 확인하듯 물어왔다.

"시라이시 씨는, 저랑 만질 수가 없으니까 사귈 수 없다고 말씀하시는 거네요?"

"으, 응."

머리 좋은 유우키라면 지금 이야기를 듣고 바로 이해했을 텐데, 다시 한 번 말로 확인하듯 질문을 받아, 하루카는 당황하면서도 고개를 끄덕였다.

"그럼 제가 싫다는 건 아니고?"

"싫은 게 아니야!"

그것만큼은 제대로 전달하고 싶어서 강한 어조로 말하자, 유우키는 갑자기 미소를 떠올렸다. 기쁜 듯한 그 미소가 눈이 부셔서 하루카의 심장소리가 두근두근 빨라져 버렸다.

"그럼 문제없네요."

"어?"

"사귀어 주세요."

"유, 유우키?"

왜 그렇게 되는 건가 하루카는 헤맸다. 자신으로서는 할 수 있는 한 제대로 기분을 말로 전달할 수 있도록 노력했는데 유우키에게는 완전히 전해지지 않은 모양이었다.

"나, 지금."

"시라이시 씨는 저를 싫어하지 않아요. 단지 만질 수 없으니까 사귈 수 없다고 말한 것뿐이죠?"

요점을 요약하자면 그렇게 되지만, 뭔가 다른 느낌도 들어서 하루카는 복잡한 표정이 되었다.

"물론, 저는 시라이시 씨가 좋으니까 손도 잡고 싶고 키스도 하고 싶어요."

"으......."

놀리는 듯한 말을 들었지만 하루카는 무심결에 눈을 부릅떴다. 유우키와 키스. 그 광경을 상상해 버리자 얼굴에 열이 올랐다.

"하지만 몸만을 원하는 게 아니에요."

"어......?"

유우키의 말투가 바뀐 것을 느끼고 하루카도 부끄러움을 털어버리고 유우키의 시선을 마주했다. 아니, 유우키가 하루카의 시선을 사로잡고 놓아주지 않았다.

"어린 시절의 불행한 사건을 시라이시 씨는 제대로 받아들이고 있잖아요. 그렇게 무섭다고 하던 버스도 탔고, 이렇게 세상으로 나와 일도 하고 있어요. 시간이 걸려도 당신은 제대로 앞으로 나아갈 수 있어요. 부탁입니다, 시라이시 씨. 제가 싫은 게 아니라면 모든 가능성을 버리지 말아 주세요. 시험 삼아서라도 좋으니까 저를 곁에 있게 해 주세요. 당신이 저를 좋아할 수 있게 만들 수 있도록 노력하게 해 주세요."

진지하게 말하며 유우키는 머리를 숙였다. 이런 식으로 남이 자신에게 사정하는 것은 처음이라 하루카는 어떻게 하면 좋을지 몰라 초조해할 뿐이었다.

"나, 난……."

이런 귀찮은 병을 가지고 있는 자신이 호감을 받아도 되는 것일까.

같은 성별을 가진 유우키를, 앞으로 연애감정을 가지고 좋아할 수 있을까.

모든 것이 불안한 가능성에 매달리는 것들이라, 유우키를 생각한다면 확실히 거절하는 쪽이 좋다는 것은 알고 있었다.

알고는 있었지만 그의 시선이, 손이, 자신 이외의 누군가를 향하는 것을 견딜 수 있을까 말한다면, 제멋대로인 건 알지만 싫어서 견딜 수가 없었다.

'변할, 수 있어?

유우키가 곁에 있어 준 것으로, 하루카는 한 발 앞으로 나아갈 수 있었다. 그 앞도 그가 있어 준다면 자신은 지금 이상으로 변할 수 있을까.

"……유우키……."

동성인 하루카가 보아도 멋있고 다정한 유우키. 그런 그가 이렇게나 자신을 원한다고 말해주는 거라면—

'변하고, 싶어.'

"시, 시간이 걸릴지도 모르지만……."

하루카는 조심조심 손을 뻗었다. 눈앞에는 풍성한 유우키의 머리카락이 있었다.

'……괜찮아.'

다가감에 따라 떨림은 심해져 갔지만 하루카는 손을 거두는 것만은 하지 않았다. 결국 손끝이 조금, 머리카락에 닿을 수 있었다.

"……으."

눈앞의 유우키의 어깨가 흔들리는 것이 보였다. 그도 분명 놀랐을 것이다.

닿은 순간 금방 손을 거두어 버렸지만 그래도 이것은 하루카에게 있어서 커다란 전진이었다.

"자, 잘 부탁해."

머리를 숙이자 이번에는 유우키 쪽이 얼굴을 드는 기척

이 났다.

"사귀어 주시는 건가요?"

"으, 으응."

어쩐지 부끄러워서 견딜 수가 없었다. 지금 유우키가 어떤 표정을 하고 있을까 신경이 쓰여 견딜 수 없었지만 머리를 들 수 없었다.

그러자 머리 위에서 앗 하는 유우키의 목소리가 들렸다.

"시라이시 씨, 시간!"

"아!"

그 말을 듣고 당황해서 손목시계에 시선을 돌리자, 벌써 삼십 분 이상 이곳에 있었던 것을 알게 되었다. 아무리 생각해도 대 지각이었다.

"서두르죠."

"응."

부끄러움도 한순간에 사라져 버려, 하루카는 당황해 얼굴을 들었다. 그 시선 앞에 손을 뻗고 있는 유우키가 보였다.

"시라이시 씨."

"……으읏."

반사적으로 뻗은 손을, 유우키가 꽉 쥐었다. 장갑 너머였지만, 따뜻하고 힘센 그 감촉이 자신의 손에 전해져 와, 하

루카는 부르르 몸서리를 쳤다.

그 모습을 보고 있던 유우키가 손에서 힘을 빼고 떨어지려는 것을 알고, 하루카는 이번에는 자신이 먼저 유우키의 손을 꾹 힘주어 잡았다.

'……괜찮아.'

불과 몇 분 전까지는 손끝이 닿는 것만으로도 긴장했던 주제에, 지금은 이 손을 쥐고 있는 것으로 안심해 버리는 자신은, 대체 얼마나 약삭빠른 것일까.

"시라이시 씨?"

"괜찮아."

그래도 이 손을 놓고 싶지 않아서 하루카는 새빨개져 있을 얼굴을 똑바로 유우키에게 향하며 고개를 끄덕였다. 그 모습에 유우키도 웃으며 손에 힘을 주어 왔다.

"가죠."

이렇게 손을 붙잡을 수 있게 되어도, 아직 버스에 장시간 탈 수 있다는 자신은 없었다. 지금은 지각의 이유를 사카이에게 어떻게 설명하면 좋을까를 생각할 뿐이었다.

하지만, 그런 다급한 상황과는 반대로 하루카의 얼굴에서는 미소가 사라지지 않았다.

아니나 다를까, 이십 분의 지각을 해 버린 하루카는 사카이의 앞에서 깊숙이 머리를 숙이고 있었다. 하지만, 그 바로 옆에는 마음 든든한 아군이 있었다.

"제 탓입니다. 정말로 죄송합니다."

모든 것이 자신의 탓인 양 말하는 유우키에게 하루카는 바로 아닙니다, 하고 반론했다. 아침, 통근하는 동안 그런 심각한 이야기를 꺼낸 것은 자신 쪽이었던 것이다. 제대로 시간과 장소를 생각해서 말을 꺼냈더라면 좋았다고 지금에서야 생각하면서도, 그 한편으로는, 그때, 그 장소였기 때문에 솔직한 자신의 마음을 전할 수 있었다고도 생각했다.

결국 유우키보다도 연상인 자신이 잘못한 것이라고 하루카는 더욱 깊숙이 머리를 숙였다.

"정말로, 죄송합니다."

"……아— 뭐어, 중간에 연락도 받았고. 성실한 네가 지각하는 데는 상당히 심각한 이유가 있었을 거라고 상상은 되지만……."

그 도중에 연락을 넣는 것도 유우키가 말해 주어서 떠오른 것이었다. 역시 그는 잘못한 게 전혀 없다고 생각하고 있자,

"유우키, 였던가."

사카이가 유우키를 불렀다.

"네."

"우리 시라이시가 신세를 지고 있는 모양이네. 매일 아침 수고."

'우리' 라고, 어쩐지 자기 사람으로 생각해 주는 것 같아서 낯간지러운 하루카와는 다르게, 그것에 대답하는 유우키의 말투는 하루카를 대할 때와는 조금 달랐다.

"아뇨, 제가 좋아서 하는 일이니까요."

'……유우키?'

어쩐지 그답지 않게 도발하는 듯한 그것에, 하루카는 불안해져서 그 옆얼굴을 보았다.

카운터 앞 의자에 앉아 있는 사카이와 그 앞에 서 있는 유우키. 두 사람 모두 비슷한 키였지만 지금은 유우키 쪽이 사카이를 내려다보는 형태가 되어 있었다.

사과하고 있는 상황인데, 유우키의 시선은 응시하듯 사카이를 보고 있었다. 그 시선을 받고 있는 사카이도, 팔을 꼬고 평가하는 듯한 눈빛을 유우키에게 보내고 있었다.

"방금 전에 여기 들어올 때, 너 이 녀석이랑 손 붙잡고 있지 않았나?"

사카이의 시선은 유우키를 향해 있었지만, 이야기의 내용은 하루카에게 묻는 것이었다. 여기까지 달려온 시간 동안을 되새겨보며, 하루카는 쭈뼛쭈뼛 고개를 끄덕였다.

"도서관 안에서 뛰어서, 죄송합니다."

도서관 직원으로서의 매너를 야단맞는 거라고 생각하고 하루카는 솔직히 사죄했지만, 겨우 이쪽을 본 사카이는 질린 듯한 표정을 하고 있었다.

"너 말야, 핀트가 좀 엇나간 것 같지 않냐?"

"네?"

"나는 너랑 이 녀석이 손을 잡고 나타난 것을 말하고 있는 건데?"

"아…… 그으, 네, 그런데요?"

뛰어 들어온 것을 주의시키려는 것이 아닌 것 같긴 했지만, 그렇다고 해서 사카이가 무슨 소리를 하는 것인지도 알 수 없었다. 자연히 얼굴에 의문이 떠올라 버렸지만 사카이는 하아, 하고 큰 한숨을 내쉬었다.

"언제부터?"

"……언제부터?"

"……언제부터, 손을 잡을 수 있게 된 거야?"

"아."

"이제야 깨달은 건가, 바보."

쓴웃음을 섞인 말에, 하루카는 겨우 사카이가 물어보려는 것이 무엇인지 눈치챘다. 그에게는 자신의 병에 대해 말해 두었었고, 그는 그 사정을 봐주고 있었다.

그런데 돌연 지각인가 싶었더니 누군가와 손을 붙잡고

등장하다니, 사카이의 머릿속은 물음표로 가득 찼을 게 뻔했다.

'서, 설명해야 해.'

유우키와 손을 잡을 수 있게 된 이유를 말하려면 그 전에 자신들이 사귀게 된 것을 말하지 않으면 안 되었다.

하지만 대학교에서도 인기 있는 유우키와 자신이 사귀게 되었다는 것을 누군가에게 말해도 되는 것일까. 아직 몇 시간 전에 그렇게 되었을 뿐인데. 무엇보다 사귀게 되었다고는 해도, 지금은 겨우 초등학생들이 친구들끼리 하듯 손을 붙잡는 정도밖에 할 수 없었다.

"저, 저기."

지금은 어떻게든 얼버무려 넘기는 쪽이 나을지도 몰랐다. 그렇게 생각한 하루카와는 달리, 유우키는 딱 잘라 말을 꺼냈다.

"저희, 사귀게 됐습니다."

"엥?"

"앗."

놀란 듯한 목소리의 사카이와, 당황해서 올라간 자신의 목소리. 유우키는 힐끔 사카이를 본 다음, 옆에 서 있는 자신의 얼굴을 들여다보았다.

"아닌가요?"

……그렇게, 불안한 듯한 얼굴 하지 않았으면 좋겠다. 그답지 않아서, 하루카는 반사적으로 긍정했다.

"아니지 않아!"

금방 대답하지 않은 자신 탓에, 안 그래도 유우키에게 괴로운 하룻밤을 보내게 해 버렸었다. 마음을 확실히 잡은 지금, 그리고 그가 바라고 있는 거라면 말을 돌릴 필요가 없는 것이었다.

"저기, 사카이 씨."

지금 하는 짓을 보고 무언가 느낀 것인지, 사카이의 얼굴에는 복잡한 마음이 나타나 미간에 주름이 실려 있었다. 가능하다면 자신을 귀여워해 주는 사카이에게는 남자끼리 사귄다는 것에 대해 편견을 갖지 않아 주었으면 했다.

"저, 저희, 사귀기로 했습니다."

"……언제부터?"

"오늘 아침, 부터."

"오늘 아치임?"

역시나 갑작스러웠는지도 모르겠다. 목소리를 높이는 사카이에게 하루카는 몸을 움츠렸지만, 다음 순간 눈앞에는 넓은 등이 시선 한가득 펼쳐져 있었다.

"제가 먼저 말을 꺼냈습니다. 하루카 씨는 고민했지만, 그래도 받아들여 줬어요. 어른이시니 저희의 미래, 축복해

주실 거죠?"

"……나도 아직 젊긴 하지만."

중얼중얼 투덜거린 사카이는 비켜 하고 유우키에게 말했다.

"……."

"안 괴롭힌다고."

누구라고 말 안 해도 알았다. 적어도 사카이가 자신을 보고 있었던 시간만큼, 자신도 사카이를 보고 있었다. 그가 자신을 부당하게 괴롭힐 리가 없는, 깔끔한 성격의 주인이라고 믿고 있는 하루카는,

"유우키, 괜찮으니까."

그렇게 말하며, 유우키의 등을 손가락 끝으로 쿡 찍었다.

돌아본 유우키는 하루카의 얼굴을 보고 몸을 비켜주었다. 다시금 사카이의 앞에 선 하루카는 그 시선을 정면으로 받아들였다.

"억지로 끌려가는 거 아니지?"

"네."

"이놈, 남자다?"

그 표정에, 사카이가 정말로 자신을 걱정해 주고 있다는 것을 알았다. 형처럼 자신을 생각해 주는 사카이에게 하루카는 확실히 고개를 끄덕여 보였다.

"알고 있어요."

"······그런가."

"사카이 씨."

"이 뒤는 너희 하기 나름이야. 잘되든 헤어지든, 내가 뭐라 말할 일이 아니지. 단지 시라이시, 이 녀석은 대학교 안에서도 꽤나 유명인이야. 그걸 잊지 마라."

"······네."

보통의 남녀 연인과는 달랐다. 스스로 나불대고 다닐 생각은 없었지만, 생각했던 것보다도 더 참아야 하는 일이 많아질지도 모르고, 혹시 괴로운 일이 생길지도 몰랐다.

사귀지 말았어야 했다고 우는 일이 생길지도 모르지만, 그래도, 후회할 일은 없을 거라고 생각했다.

"사카이 씨, 시라이시 씨의 일은 저에게 맡겨 주십시오."

하루카의 결의에 겹치듯, 유우키가 강한 어조로 말했다. 기뻤지만 그것만으로는 안 됐다.

"저도, 유우키를 제대로 지킬 테니까."

자신은 여자아이가 아니었다. 과거에는 도망칠 수도, 반격할 수도 없었지만 오늘은 그런 어린 자신이 아니었다.

유우키는 하루카를 바라보며 기쁜 듯이 미소 지어 주었다.

"네, 많이 기댈게요."

"응."

누군가와 연애를 한다니, 생각지도 못했던 일이었다. 그
것이 동성이라면 더욱.

하지만 유우키와 사귄다면 보호받고만 있어서는 안 되었
다. 제대로 어깨를 나란히 하고 앞으로 나아가고 싶었다.

네 걸음
꾸준히 쌓여가는 시간

"오늘은 버튼 눌러보시지 않을래요?"

"어?"

버스에 탈 수 있게 된 지, 아니, 유우키와 사귀기로 한 지
이 주일이 지났다.

그동안 변한 것이 뭔지 말해보자면 버스에 타는 시간이
늘었다는 것이다. 지금은 버스 정류장 세 구간, 몸의 떨림
도 없다.

"괘, 괜찮을까?"

그래도 아직 손잡이는 쥘 수가 없어서 두 다리에 힘은 줘

바닥을 버티고 서 있는 상태였다. 차량정체가 생기기 전 시간대이기 때문에 큰 흔들림은 없었지만 그래도 갑자기 버스가 크게 흔들릴 때가 있어서, 그때에는 재빨리 유우키의 팔을 쥘 때가 있었다.

의식해서 손을 잡으려고 하면 긴장하지만, 갑작스러운 접촉은 거리낄 것이 없어졌다. 그것은 유우키가 대상일 때만의 이야기지만, 하루카에게 있어서는 커다란 진보였다.

"빨리 누르지 않으면 다른 사람이 먼저 눌러버려요."

내리기 전에 버튼을 누르고 싶다고 말한 것은 사흘 전이었다. 어디 사는 누가 만졌을지도 모를 그것에 닿는다는 것은 무서운 일이긴 했지만, 자신이 버스에 타고 있다는 실감을 더욱 느낄 수 있을 것 같은 기분이 들었다.

"얼른."

다음 신호를 지나면 학교 앞 버스 정류장 안내가 흘러나온다. 그 순간에 누르지 않으면 같은 버스에 타고 있는 다른 학생이 손을 뻗어버린다.

하루카는 시선 앞에 있는 버튼을 지그시 보았다.

"다음은……"

'왔다.'

안내방송이 흐른 순간, 하루카는 자기 나름대로 있는 힘껏 손을 뻗…… 을 참이었다. 그러나, 놀랄 정도로 손은 천천히 뻗어 나간 것 같아서, 손끝이 버튼에 닿기 직전에 버튼이 울어버렸다.

"······아······."

"다음에 또 힘내 봐요."

"······응."

'다음, 인가.'

마지막으로 버스를 내리면서 하루카는 새어나올 것 같은 한숨을 입안에서 삼켰다. 어제도 같은 결심을 했었는데, 또 마찬가지로 손이 뻗어지지 않았다. 다음번에야말로 버튼을 누를 수 있을지도 모를 일이지만, 아마, 내일도 마찬가지로 도전할 거라고 생각한다.

"오늘은 조금 따뜻하네요."

"그래도 목도리는 풀 수가 없어."

이른 아침인 탓인가, 코트도 목도리도 벗을 수가 없다. 장갑을 끼고 있어도 이상하게 보는 사람이 없는 것은 좋지만, 눈이 내린다면 긴 거리를 걷는 것은 힘들어진다.

빨리, 집 앞의 정류장에서부터 버스에 탈 수 있게 된다면 좋겠지만, 채 삼십 분도 되지 않는 시간이라도 그 좁은 공간에 있는 것은 고통이었다.

'그래도, 이제는 유우키가 같이 있으니까.'

끈기 있게 하루카에게 붙어 있어주는 그를 위해서라도,

조금이라도 빨리 이 공포심을 탈피하지 않으면 안 되었다.

십이 년씩이나 움직이지 않았던 마음이 요 수 주간동안 놀랄 정도로 크게 흔들리고 있었다. 그 변화는 무섭기도 했지만 그 이상으로 기쁜 것이었다.

"유우키."

"네?"

단지, 확인해 두고 싶었다. 자신이 사정에 맞춰 유우키를 휘두르고 있는 것은 아닌지, 그의 입으로 들어두고 싶었다.

"교수님 돕는 거, 아직도 하고 있어?"

하루카가 그렇게 말하자마자, 유우키가 웬일로 아차 하는 표정을 지었다. 그 표정의 변화만으로, 하루카는 자신의 의문에 대한 답을 얻고 말았다. 역시 하루카가 걱정하고 있었던 대로, 교수를 돕는 일은 이미 끝나 있었다. 그런데도 유우키는 오직 하루카를 위해서 매일 아침 그렇게나 이른 시간에 만나주고 있는 것이었다.

"……."

"……화나셨어요?"

하루카가 말없이 유우키를 바라보고 있자 그는 그렇게 반문해 왔다. 그 표정에, 하루카는 어쩐지 웃음을 흘리고 말았다.

평소에는 의식하지 않지만, 유우키가 자신보다도 연하

라는 걸 느껴버려서, 언제나 어른스러운 그를 놀리고 싶어
져 버렸다.

"무리하고 있는 거 아냐? 강의시간에 존다든가 하는 건
아니고?"

"안 그래요, 맹세해요."

믿으라고 말하는 듯이 한 손을 올려 선서하는 유우키에
게 하루카는 이번에야말로 웃음이 터져버려서, 소리 내어
웃었다. 이런 식으로 웃는 것은 어쩐지 엄청나게 오랜만인
것 같은 기분이 들었다.

"응, 믿어. 유우키는 불성실한 학생이 아니라고."

"시라이시 씨……."

그건 또 그거대로 말하고 싶은 게 있는 듯한 모양새였지
만, 이번에는 일부러 놓아주기로 했다. 아직 놀고 싶은 것
산더미인 유우키가 강의를 땡땡이친다고 해도 하루카가 주
의를 줄 일은 아니었다.

단지 만약 여자아이와의 데이트 같은 걸 한다면…….

'그, 그런 일 있을 리 없어.'

"저는, 매일 아침 데이트 기분으로 나오고 있는 겁니다."

"……데이트?"

"시라이시 씨는 매일 도서관 일이 있잖아요? 저도 안 들
으면 안 되는 강의가 있기도 하고, 시간을 맞춰달라고 하는

것도 큰일일 테니까, 아무한테도 방해받지 않는 이 시간만
은, 시라이시 씨를 독차지하고 싶어서."

"도, 독차지라니……."

독점욕을 느끼게 하는 말이 간지러워서, 하루카는 시선
을 가만히 두지 못했다.

"쓸데없는 짓이라고 하지 말아 주세요."

"아, 안 말해."

'사귄다는 게 이런 거려나.'

유우키의 말 한마디, 그리고 행동이 어쩐지 너무나도—
달콤했다. 유우키와 알게 되었던 초반에도 충분히 다정했
었던 만큼, 그 당도는 점점 더 달콤함을 더해가며 하루카의
마음을 흐물흐물하게 녹여버렸다. 사귄다는 것에 대한 자
세를 취하지도 못한 채, 유우키에게 어리광을 부리고, 에워
싸여 있는 것 같았다.

"가, 가자."

하루카는 동요하는 기분을 누르고 학교를 향해 걷기 시
작했다. 그 곁을 금방 따라잡은 유우키가 나란히 했다.

학교가 가까운 탓에 손을 잡는 것은 할 수 없었다. 어쩐
지 그것이 아쉬운 듯한 기분이 들었다.

"내일, 데이트하지 않을래요?"

금요일 아침, 그날도 학교를 향해 유우키와 걷고 있던 하루카는 그에게 그런 말을 듣고 멈춰 서고 말았다.

"······지금, 하고 있잖아?"

매일 아침, 거르는 일 없이 하고 있는 아침 데이트. 사귀기 전까지 그것은 단순한 통근이었지만 지금의 자신들에게 있어서는 확실히 데이트였다.

"제대로 된 데이트. 어딘가 놀러 가죠. 시라이시 씨가 가고 싶은 곳에 갈 테니까."

"내가 가고 싶은 곳?"

다시 물어봐도, 하루카에게는 딱히 떠오르는 장소가 없었다. 어딜 가더라도 사람이 잔뜩이라, 그런 사람들에게 닿을 것 같은 것만으로도 신경이 쓰이는 것은 싫었기 때문이었다.

아주 옛날, 부모님과 함께 갔던 유원지나 동물원도 지금의 하루카에게 있어서는 무서운 장소가 되어서, 휴일에는 집에 있는 것이 가장 마음이 편했다.

하지만, 여기서 어디도 가고 싶지 않다고 말해도 되는 것일까. 재미없는 녀석이라고, 귀찮다고 생각하지는 않을까.

'그렇게 되기는······ 싫어.'

뭐라고 대답할까, 하루카는 머릿속에서 눈이 팽팽 돌 정도로 생각했다.

유원지, 공원, 수족관. 영화에, 쇼핑, 그리고…… 뭐가 있을까. 분명, 어디를 가든 사람으로 가득해서 흠칫흠칫 거리며 시간을 보내게 되겠지만, 유우키가 즐겁다고 생각한다면 참을 수—

"착각하지 말아요, 시라이시 씨."

"유우키?"

"나는 누군가를 위해서가 아니라, 당신이 가고 싶은 장소에서 데이트를 하고 싶은 거예요."

그렇다면 유우키는 하루카에게 맞춰주는 것뿐이게 되지 않은가.

일순 그늘진 하루카의 표정에, 유우키는 온화하게 아니에요, 하고 덧붙여 말했다.

"아침뿐만이 아니라 조금이라도 더 오랜 시간 같이 있고 싶어서. 가까운 공원이나 도서관도 괜찮아요. 시라이시 씨가 하고 싶었던 것, 저에게도 알려주세요."

그런 말을 들어도 내일까지 장소가 결정될 리가 없었다. 라고 해도, 기껏 권해 준 유우키의 마음은 기뻤지만, 하루카는 당분간 생각에 빠졌다.

사이좋은 친구와라면 하고 싶은 일을 생각해 보긴 했지만 상대가 애인이 되면 사정은 완전히 달라져서, 상상조차 할 수 없다.

"……유우키."

하루카는 결국 항복하고 미안하게 생각하면서도 유우키를 올려다보며 부탁했다.

"네가 생각해 주면 안 될까? 나, 솔직히 전혀 생각이 나는 게 없어서…… 그래도, 유우키랑 같이 외출하는 건 기쁘다구?"

유우키가 생각한 장소라면 분명히 즐길 수 있을 거라고 생각한다. 자기 자신에 대한 제한은 있을지도 모르지만 그래도 힘낼 수 있다고 단언할 수 있었다.

하루카가 부탁해 오자 어째서인지 유우키는 고개를 모로 틀고 으흠, 하고 헛기침을 했지만, 금방 알겠습니다, 하고 응낙해 주었다.

"자아, 그럼 나중에 문자 보낼게요. 하지만 정말로 싫으면 제대로 말해 주세요? 둘이서 같이 즐길 수 없으면 의미가 없는 거니까요."

"응, 고마워."

대학교에서 유우키와 헤어진 이후 하루카는 몇 번이나 휴대폰을 보았다. 하루카를 배려하는 유우키가 업무 중에는 연락하지 않을 거라고 생각하면서도, 그래도 혹시나 하고 신경을 쓰게 되었다.

"……아, 아니네."

진동이 울리는 걸로 착각해서 화면을 확인하고는 실망해서 어깨를 늘어뜨렸다. 그것을 아침부터 몇 번이나 반복했다. 몇 시 정도에, 라고 시간을 듣지 못해서 공연히 안절부절못하고 있다가 겨우 점심시간이 되어, 사카이에게 '네가 신경 쓰여서 견디지를 못하겠다' 는 말을 듣고 말았다.

　"데이트 장소?"

　대체 무슨 일이냐고 추궁을 당해서, 어물쩍 넘어갈 수도 없이 솔직하게 털어놓자 그런 거였느냐며 질린 듯한 대답이 돌아왔다. 하루카에게 있어서는 인생에서 처음 있는 대이벤트였지만 다른 사람들에게 있어서는 별것 아닌 사소한 일인지도 모른다.

　"걔도 빼지 말고 빨리빨리 문자를 보낼 것이지."

　"유우키도 바쁘니까요."

　이렇게 까지나 신경을 쓰고 있는 것은 자신의 탓이라고 유우키를 감싸자,

　"귀에 딱지 앉겠다."

　라고 한숨을 내쉰다. 대체 뭐가 애인 자랑이었는지 의문으로 생각하고 있을 때, 겨우 기다리고 기다리던 휴대폰 문자가 도착했다.

　"어이, 보여줘."

　"그, 그치만."

"나도 신경 쓰인단 말야."

옆에서 훔쳐보려고 드는 사카이의 머리를 밀쳐 버리지도 못하고 하루카는 급한 마음을 누르며 문자를 열었다. 일하느라 수고한다는 말 다음 내일 갈 데이트 장소가 쓰여 있었다.

"……미술관?"

"지루하겠다—"

"무, 무슨 소리를 하시는 거예요."

지루한 듯이 몸을 뺀 사카이에게는 즉시 반론했지만 미술관이라는 곳은 하루카도 생각해 보지 못한 장소였다.

"어디에 있는 거야……."

주소가 쓰여 있었지만, 부끄럽게도 하루카는 잘 파악이 되지 않았다.

"사카이 씨, 여기 어디에요?"

"……우리 대학에서 가깝네. 버스로 이십 분도 안 걸리지 않을까?"

사카이의 대답을 들으며 스크롤을 움직이자 '내일은 그동안 다니던 것보다 더 힘내서 걸어봅시다' 하고 쓰여 있다. 유우키는 미술관까지 걸어서 갈 모양이었다.

'나 때문이야…….'

사람으로 붐비는 곳은 안 되는 하루카를 위해서 미술관

을 골라주고, 그 교통수단도 생각해서 대학에서 가까운 장소로 해 준 것이다. 두 사람이서 즐길 수 있는 장소라고 했지만 이건 완벽하게 하루카를 생각해 준 선택이었다.

'유우키······.'

이렇게 다정한 사람과 자신은 사귀고 있다. 아직 손을 잡는 단계의 사귐이었지만, 가슴 깊이 배려받고 있었다.

'나도······ 제대로······.'

마음은 유우키에게 완전히 기울어져 있었다. 좋아한다고 전할 그때가 그렇게 멀지는 않을지도 모르겠다.

"안녕하세요."

"안녕."

매일 아침, 만날 때마다 나누는 인사였지만 오늘은 조금 의미가 달랐다. 시간은 출근 시간보다 세 시간이나 늦은데다 하늘에는 완전히 태양이 떠올라 있었다.

"날씨가 맑아서 잘됐네요."

"응. 추위도 조금 누그러진 것 같고."

태양이 얼굴을 드러내고 있자 체감온도는 훨씬 높아졌다. 하루카는 출근 때와 같은 코트에 목도리, 그리고 장갑까지 끼고 있었지만 유우키의 복장은 평소보다 얇은 것 같았다.

"나, 너무 껴입었나?"

"따뜻할 것 같으니 괜찮아요, 게다가."

"게다가?"

무심결에 말을 끊어버리는 유우키에게, 하루카는 뒤가 듣고 싶어 재촉했다. 그러자 유우키는 눈을 가늘게 뜨며 웃었다.

"언제나 생각했지만, 그 코트 해바라기 같아서 귀엽고."

"귀, 귀엽다니, 너 이상해, 유우키."

조그만 아이도 아니고, 하다못해 여자도 아닌 자신을 그런 식으로 말하는 것은 솔직히 어떻게 반응해야 할지 곤란했다. 결코 싫은 게 아닌 게 곤란한 거다.

해바라기라는 것은 분명히 이 오렌지색 더플코트를 보고 연상한 거겠지. 역시 남자답지 않은지도 모르겠다.

"좋은 기회니까 코트 살까나."

"왜요? 그 코트 시라이시 씨한테 잘 어울리는데."

"······고마워."

칭찬을 받으면 인사를 할 수밖에 없었다. 복잡한 마음으로 그렇게 대답하며 다시 한 번 코트를 내려다보았다. 색은 조금 불만이지만 따뜻하고, 무엇보다 엄마의 마음이 담겨 있었다.

"······이대로도 괜찮으려나."

"괜찮아요."

조용히 중얼거리는 목소리에 제대로 대답이 돌아오는 것이 기뻤다. 하루카는 새어나오는 웃음을 입가에 담은 채 유우키와 나란히, 평소보다 천천히 걷기 시작했다.

"꽤 사람이 있네."

"역 앞으로 가면 장난 아니에요."

"그런 거야?"

애초에 도심이 아니라 교외에서 자랐고, 결벽증에 걸린 이후는 의식적으로 사람이 붐비는 곳을 피해 온 하루카는 어디가 어떤 식으로 붐비고 있는지에 대해서 전혀 몰랐다. 그다지 보지 않는 텔레비전 속 뉴스에서 거리가 비쳐도, 어딘가 먼 세계의 이야기로밖에 보이지 않았다.

그러나 지금, 자신의 발로 걸으며 눈으로 보는 거리는, 살아 움직이는 것이라고 피부에 전달되어 왔다. 다소 교통량이 많아 어수선해 보이지만, 이것이 분명 보통의 광경일 것이었다.

세 시간 가까이 걸었는데 유우키와의 대화가 즐거운 탓인지 피곤하다고는 생각되지 않았다. 오히려 순식간에 미술관까지 도착한 것 같은 인상이었다.

열리고 있는 전시회는 신인작가의 합동전인 것 같았는데, 상상하고 있던 것보다 훨씬 사람 수가 적었다. 전시회

측으로서는 좋을 리 없는 일이었지만, 하루카에게 있어서는 천천히 그림을 즐길 수 있어서 좋았다.

"어쩐지, 전혀 뭘 그려놓은 건지 모르겠는 것도 있었어."

"그거 분명히 위아래 잘못 걸어놓은 걸 거예요."

서로 인상적이었던 그림의 이야기를 하고 웃으며 미술관 밖으로 나갔다. 푸릇푸릇한 잔디밭은 휴게실로도 사용하고 있는 듯, 군데군데 앉아 있는 인영이 있었다.

"유우키, 배 안 고파?"

"그렇네요. 제가 어딘가 가서 사 와서……."

"도시락, 만들어 왔는데……."

"시라이시 씨가?"

외식은 무리라고 처음부터 알고 있었기 때문에 하루카는 어제부터 도시락의 밑 준비를 해 놓았다. 자취를 시작한 후부터 요리만은 빼놓지 않고 하고 있었기 때문에, 먹을 수는 있는 걸 만들 수 있다고 생각했다.

샌드위치랑 튀김. 그리고 비엔나 소세지에 계란말이.

냉동식품을 넣는 것은 미안한 마음이 들어서 그만두었지만, 그렇게 되면 자신이 만들 수 있는 것은 극히 한정되어 버렸다. 대실패는 아닐 테지만 분명히 어디에나 있을 듯한 반찬이 되어버리고 말았다.

더 비장의 도시락을 만들고 싶었지만 시간도 없고 장을

보러 가는 일도 할 수 없었기 때문에, 하루카는 어떻게든 오늘 자신이 할 수 있는 최대한의 것을 만들어 가지고 왔다.

"맛있겠다."

도시락을 만들어 올 거라고는 전혀 상상하지 못했는지, 유우키는 일일이 감동해 주며 먹을 때마다,

"맛있어! 대단해요, 시라이시 씨."

라고 칭찬해 주었다. 반응이 너무 직선적이라 부끄러웠지만, 물론 맛있다는 말을 들은 것은 기뻐서, 하루카도 겨우 자신의 도시락에 손을 가져갔다.

"⋯⋯맛있어."

"그죠?"

"오늘 아침에 간 봤을 때보다 더 맛있어⋯⋯."

"이런 기분 좋은 하늘 밑이라 그런 거예요."

유우키의 말을 듣고 하루카는 하늘을 올려다보았다. 태양과 푸른 하늘. 바람은 조금 쌀쌀했지만 그래도 밖에서 식사를 하는 데는 그렇게 영향은 없었다.

하지만 그것보다도 더, 아침에 맛을 보았을 때와 전혀 다르게 느껴질 정도로 요리가 맛있는 것은 유우키와 함께 있기 때문이었다. 누군가와 함께 식사를 한다는 것의 즐거움을, 하루카는 처음으로 배운 듯한 기분이 들었다.

"요리 잘하시네요."

"그런가. 자취하니까 어떻게 할 수 있는 것뿐이야."

하루카도 부모님의 집에서 살 때에는 아무것도 할 줄 몰랐다. 자취를 시작하겠다고 결정하자마자 최저한의 집안일을 어머니가 가르쳐 주었었다. 지금은 굉장히 감사하고 있었다.

"나는 부모님과 같이 사니까 전부 엄마에게 맡겨 둔 채라. 그래도, 시라이시 씨를 본받아서 조금 해 볼까나."

요령이 좋은 유우키라면 분명 금방 잘하게 될 것이었다. 크고 긴 손가락이 요령 좋게 요리하는 모습을 상상하고, 하루카는 힘내, 하고 말했다.

"유우키, 오늘은 이렇게 불러줘서 고마웠어. 나, 이런 식으로 휴일을 밖에서 보내는 거 정말 오랜만이라…… 어쩐지, 엄청 기뻐."

"저도 즐거워요. 시라이시 씨와 이렇게 긴 시간 계속 같이 있을 수 있고."

"무, 무슨 소릴 하는 거야."

"……시라이시 씨."

갑자기 유우키의 목소리 톤이 바뀌었다. 어쩐지 요염해서, 듣는 것만으로 두근두근해서, 눈을 마주치고 있을 수 없을 정도였다.

"오늘 데이트, 조금이라도 마음에 들었다면…… 상, 받아도 될까요?"

"사, 상?"

"이름, 부르게 해 주세요."

"이름…… 내?"

"시라이시 씨라고, 다른 사람들도 다 이렇게 부르잖아요. 저만, 사귀고 있는 애인한테만 허락할 수 있는 호칭, 허락해 주세요."

"애, 애인이라니, 나, 나는."

"아직 이른가요?"

'자, 잠깐 기다렷.'

자꾸자꾸 말을 겹치는 유우키에게, 하루카는 궁지에 다다른 듯한 기분에 진땀을 뺐다.

이름 정도야 간단히 생각하면 된다는 한편, 그게 애인 사이의 특권이니 뭐니 하는 소리를 들으면 그렇게 쉽게 고개를 끄덕여도 되는 건지 헷갈렸다. 물론 유우키와 사귀고 있는 것은 사실이기 때문에 상관은 없지만, 다시 한 번 그렇게 말을 들으면—부끄럽다.

좀처럼 수락하지 않는 하루카를, 유우키는 지그시 바라보고 있었다. 그리고 다음 순간 조금 얼굴을 가까이 들이대면서,

"하루카 씨."

"!"

그렇게, 이름을 불렀다.

태어났을 때부터 붙어 있는 이름이, 유우키가 부르자 특별한 색으로 변화하는 것 같았다. 사랑스럽다……. 그런 울림을 담아 불리는 이름이, 어쩐지 자신에게 있어서도 소중한 것으로 생각되었다.

"안 되나요?"

이럴 때, 그런 약한 목소리로 말하지 않아 줬으면 좋겠다. 일단 연상인 자신은, 응석을 받아주고 싶어서 견딜 수 없어질 것이었다.

"좋…… 아."

"고마워요, 하루카 씨."

줄곧 전부터 부르고 있었던 것처럼, 유우키의 목소리와 자연스럽게 어우러지는 울림. 하루카도 또 한 발, 유우키에게 다가간 듯한 기분이 들었다.

첫 데이트는 오후 여섯 시에 집으로 돌아가는 건전한 것이었다.

혹시라도 저녁 식사에 초대할지도 모른다고 마음의 준비도 해 두었지만, 유우키는 '아직 이르니까'라고 말하며 현관 앞에서 놓아 주면서, 한 번 손을 꾹 잡고 집으로 돌아갔다.

그날, 하루카는 아침부터의 일을 머릿속에서 빙빙 생각하며 가슴이 한껏 부풀어, 저녁도 먹지 않고 잠들어 버렸다. 다음 날 아침 배고파서 눈이 떠져 버린 것은, 처음 겪는 경험이었다.

일요일은 유우키와 만나지 못해서 외롭게 느껴졌다. 지금까지도 만나지 못하는 시간은 있었지만, 어제의 데이트로 하루카의 안에서 유우키의 존재는 더욱 커져 버린 모양이었다.

그래서,

"안녕하세요, 하루카 씨."

월요일, 그렇게 말하며 웃음을 보내주는 유우키를 보며 하루카는 가슴 안이 푹신하게 뜨거워지며, 어제 느꼈던 외로움 같은 건 금방 날려 버릴 수 있었다.

"……그래서?"

"그래서?"

"그것뿐?"

"그것뿐인데요?"

반복되는 질문에 하루카는 뭐지, 하고 생각하며 고개를

갸우뚱했다. 그 반응에 사카이는 아—하고 한숨 섞인 목소리를 냈다.

휴게실 안에는 두 사람뿐이었기 때문에 하루카도 그런 깊은 이야기를 할 수 있었지만, 같이 기뻐해 줄 거라고 생각하고 있던 사카이의 의외의 반응에 자신이 혼란을 느끼고 말았다.

"뭐야, 키스 정도는 했나 싶었는데."

"키, 키스으? 그, 그런 건, 될 리가 없잖아요!"

겨우 이름을 부르는 단계다. 키스 같은 고등한 사귐의 레벨까지는 닿았을 리가 없었다.

"어째서? 사귀고 있잖아, 너네들. 뭐어, 남자들끼리의 섹스는 허들이 높긴 하겠지만 키스 정도라면 여자랑 다를 게 없지 않아?"

하루카는 식은땀을 흘렸지만 사카이는 흐응 하며 코를 울리며 당연한 듯 말했다. 키스에다가 섹스…… 하루카에게는 허용범위 이상이라, 어쩐지 현기증이 일어날 것 같았다.

"섹스, 가 뭔지 모르지는 않겠지?"

하루카의 반응에 불안해진 것인지 그렇게 물어왔지만, 당연히 초등학교 때 성교육은 받았다. 그 직후에 그런 사건이 있었기 때문에 자신 안의 섹스에 대한 혐오감이나 공포가 괜히 커져 버린 것이었다고 말하지 못할 것도 아니었다.

'그, 래도, 유우키는…… 생각하고 있으려나……?'

좋아한다고 말해주며, 사귀어 달라는 말을 들었다. 그 안에 욕망을 동반한 마음은 있을까.

"사카이 씨, 유우키, 저랑, 그…… 하고 싶다고, 생각하고 있을까요?"

"그럴 수 있겠지."

"……으으."

즉답을 받고 하루카는 숨을 삼켰다.

"뭐어, 그 녀석은 너를 소중하게 생각해 주고 있는 것 같으니, 억지로 덮치거나 하진 않겠지만, 좋아하는 상대랑 섹스하고 싶다고 생각하는 건 보통 그런 거 아닌가?"

"그, 그래도……."

"아니면, 그런 녀석, 더럽다고 생각하나?"

사카이가 말하고 있는 것이 유우키라면, 하루카는 그를 더럽다고 생각할 일은 절대 없었다.

"자, 생각해 봐."

어째서 자신을 궁지에 모는 것 같은 말을 하는 건지, 하루카는 원망 섞인 눈으로 사카이를 보아 버렸다. 언제나 상담을 받아주며 좋은 충고를 해 줘 왔던 사카이가, 갑자기 괴롭히는 심술쟁이가 되어버린 것처럼 보였다.

"그 녀석이랑 사귄다고 했으면, 도망치지 않겠다고 정한 거겠지?"

그런 하루카의 응석을 허락하지 않는 듯, 사카이는 그렇게 말하며 의자에서 일어섰다. 버려진 것 같아서 불안한 마음을 억누를 수 없었다.

"사카이 씨."

"이런 얘기는 그 녀석이랑 해. 아무래도 이건 하나하나 친절하게 알려줄 수는 없는 일이니까."

"그래도."

"시라이시."

만류하려는 하루카의 손을, 돌연 사카이가 움켜쥐었다. 지금까지 없던 접촉에 깜짝 놀라며 두려워져서, 하루카는 반사적으로 그 손을 뿌리쳤다.

그러나 그 후 본 사카이의 표정에서 자신의 방금 행동을 금방 후회했다. 쓸쓸한 듯한, 자조적인 미소는 사카이에게는 절대로 어울리지 않았다.

"죄송합니다."

어쨌든 사과하고 싶어서 그렇게 말하자 사카이는 후우 하고 한숨을 내쉬었다.

"알겠지? 너는 그 녀석하고만은 제대로 접촉할 수 있어."

"사카이 씨……."

"그 의미를 알려줄 정도로, 나도 상냥하지는 않거든."

일이나 해, 하고 말하며 사카이는 휴게실을 나가 버렸다. 언제나 쉬는 시간이 끝날 때까지 아슬아슬하게 이곳에 남아 있어서, 그런 사카이를 하루카가 부르러 올 정도였는데, 오늘은 아직 오 분 이상이나 시간이 남았는데도 나가 버리고 말았다.

"……."

그것은, 심술이 아니었다. 사카이는 하루카를 생각해서 강하게 말해 주었던 것이었다. 그 이상 조언을 바라는 것은 하루카의 응석에 불과했다.

'유우키와, 키스……?'

입술을 겹친 모습을 방방했다.

"……기분 나쁘지…… 않아."

두려웠지만, 공포는 느끼지 않았다.

"섹, 스……?"

'……남자끼리, 라고?'

"될 리가 없잖, 아."

남녀가 몸을 겹치는 일은 있을 수 있지만, 남자끼리는 신체구조가 같아서 몸을 겹치는 것 따위 불가능하다. 아니면, 남자끼리는 자위의 연장선 같은 일을 하는 것일까?

그런 것에 혐오감을 안고 있는 하루카는 솔직히 말해 자위를 한 적이 없었다. 월에 한두 번 몽정으로 속옷을 더럽히는 일은 있지만 명백한 의도를 가지고 자신의 성기를 만진 적은 지금까지 없었다.

학교에서 배운 것 이외의 방법은 생각해내지 못하고, 사카이가 말한 것은 단순한 예시였던 것인가 생각했지만, 절대로 있을 수 없다고는 말할 수 없었다.

"……아."

문득 벽시계를 올려다보자 쉬는 시간이 이 분 지나 있었다. 하루카는 조급하게 돌아가 금방 카운터로 향했다.

"늦었어."

"죄송합니다."

접수를 하고 있던 사카이는 그렇게 말하며 웃고, 다음 지시를 전해 주었다. 그 모습에 방금 전 휴게실의 태도는 전혀 느껴지지 않았다.

"반납된 책이 많으니까 빨리 정리하지 않으면 야근이다."

"네."

월요일은 다른 요일보다 도서관에 오는 사람이 많아서 사카이가 말한 대로 손을 쉬지 않고 움직이지 않으면 일이 끝나지 않는다.

돌아가는 것도 유우키가 함께해 주지만, 늦어지면 미안해진다. 하루카는 손 한가득 반납된 책을 끌어안고 주욱 늘어선 책장으로 발걸음을 재촉했다.

다섯 걸음
따끈따끈 자라나는 연심

함께 걷고 있어도 그만 유우키의 입가에 시선이 향해 버린다. 자신이 이렇게 밝히는 성격이었다고는 생각해 본 적없었는데, 하루카는 첫 애인인 유우키에 대해서 처음으로 성적인 관계를 생각하고 있었다.

사카이에게 말을 들었기 때문만은 아니지만 아무리 그래도 유우키와 그런 관계가 되는 것을 의식해 버려서, 두근두근 한 다음 순간, 이번에는 절대로 무리라고 깊이 침울해졌다.

유우키의 존재는 좋아한다. 아마 고백 받았던 때보다 훨씬 그를 소중하게 생각하고 있었다. 유우키의 손은 무섭지 않았다. 하루카의 호흡을 생각해 천천히 뻗어주는 커다란 손은 다정했다.

그러나 몸에 닿는 것은 무서웠다. 가느다란 자신의 다리에 닿았던 그 기분 나쁜 손은 뇌 속에 아로새겨져 있어, 유우키마저 거절해 버리게 될 것 같았다.

그런 하루카의 마음을 유우키가 이해해 주고 있다는 사실이 더욱 마음 아파서, 어떻게든 극복해 내지 않으면, 하고 점점 더 애가 타 버렸다.

"하루카 씨, 주름."

"어?"

하루카는 눈앞에 들이밀어 진 손가락에 헉, 하고 몸을 뒤로 뺐다.

점심시간, 유우키가 도서관으로 와서 같이 점심을 먹기로 되어 있었다. 하루카는 싸 온 도시락을, 유우키는 편의점에서 사온 빵을 가지고 왔다. 미리 말을 해 줬으면 도시락을 만들어 뒀을 텐데 하고 생각했지만, 남자가 그런 식으로 생각하는 것 자체가 계집애같이 생각되어서 하루카는 아무 말도 하지 않았다.

이번 쉬는 시간에는 하루카 말고도 세 명의 직원도 점심을 먹고 있었지만, 그들은 학교 식당에서 먹고 있었다. 결과적으로 하루카는 휴게실에서 유우키와 단둘이 있을 수 있었다.

"주, 주름?"

지적을 받은 하루카는 자신의 미간을 손끝으로 문질렀다. 거울이 없어서 잘 모르겠지만, 유우키가 말할 정도로 확실히 주름이 지어져 있었을지도 몰랐다.

"무슨 일 있었어요?"

유우키는 하루카의 속마음을 파내듯 물어왔다. 한순간 덜컹했지만 금방 얼버무리듯 미소를 피어올렸다.

"아무 일도 없는데?"

자신이 무엇 때문에 고민하고 있는지는, 아무리 그래도 유우키에게는 말할 수 없어서 그 자리에서 부정했더니, 오히려 수상하게 생각된 것 같았다. 유우키는 먹고 있던 빵을 테이블 위에 올려두고 아예 몸을 통째로 하루카를 향해 돌렸다.

"거짓말이죠."

"거, 거짓말 같은 거……."

"하루카 씨, 거짓말하면 눈 깜빡이는 게 잦아져요."

"어?!"

"몰랐어요?"

그런 버릇을 알 리가 없었다. 하루카는 헉 하며 얼굴을

가리려 했지만 유우키가 '쓸데없어요' 하며 손을 잡으려
했다.

　이 정도 접촉은 이미 몇 번이고 했지만, 과연 지금의 심
경으로는 진정이 안 되었다. 하루카는 덜컹 하고 소리를 내
며 의자 째로 뒤로 물러섰다.

　"하루카 씨."

　유우키는 타박하지 않았다. 하지만 그 이름을 부르는 목
소리에, 하루카는 그 이상의 거절을 할 수가 없게 되었다.

　"말해주지 않을래요?"

　양손을 천천히 얼굴에서 떼었다. 시야 안에 유우키의 모
습이 들어오면서 더욱 진정할 수 없게 되었지만 그래도 이
이상 속이고 싶지는 않았다. 하루카에게 있어서 너무나 소
중한 상대인 유우키에게는 제대로 진지하게 마주 서고 싶
었다.

　단지, 지금 자신의 마음을 어떻게 말로 표현하면 좋을지,
그 내용이 내용인 만큼 생각하게 되었다.

　"저, 저기, 그."

　시선이 또다시 유우키의 입술에 빨려들 듯 쏠렸다.

　"저, 저기…… 키…… 스, 가."

　"네?"

　"……유우키, 나랑, 그 키스, 하고 싶어? ……아, 아니,

잠깐 기다렷."

'나 무슨 소릴 하고 있는 거야.'

결국 있는 그대로 대놓고 말해 버리고 말았다. 말한 다음 후회가 밀려왔다. 하루카는 자기만 허둥대고 있는 것 같아서, 올라오는 수치심에 이 장소에서 도망가고 싶어서 견딜 수 없어졌다. 유우키의 반응도 무서워서 귀를 막으려 했지만, 고개 숙인 시선 안에 문득 유우키의 발이 날아 들어왔다.

'……어?'

어느 샌가 의자에서 일어선 유우키가, 하루카의 눈앞에 무릎 꿇고 있었다. 자신이 그를 내려다보는 자세는 어쩐지 신선해서, 하루카는 얼굴을 가리는 것도 잊었다.

시선이 마주친 것에 안도했는지, 유우키는 눈을 가늘게 뜨며 웃었다.

"기뻐요."

정말로 기쁜 듯, 유우키는 말했다.

"제대로 저라는 사람을 애인이라고 받아들여 주고 계셨던 거네요."

이제 와서 무슨 소리를 하는 걸까. 유우키와 사귀고 있는 자각은 지금까지도 분명히 있었다. 누군가와 함께 있는 것이 자신은 익숙하지 않아서, 애인이라는 존재가 처음이기 때문에 뭘 어떻게 해야 할지 모르고 있었던 걸지도 모르지만, 하루카는 유우키를 정직하게 똑바로 바라볼 작정이었다.

"그야, 키스한다는 것까지 생각해 주셨던 거잖아요? 정말 기뻐요."

"나, 나는."

"하지만, 전에도 말했다고 생각하지만, 허둥대실 필요는 없어요. 우리는 우리 페이스가 있으니까. 키스도, 하루카 씨가 하고 싶다고 생각했을 때면 괜찮아요."

키스를 하고 싶다고 생각할 때—

"……지금, 일지도."

"네?"

무심결에 입에서 흘러나온 목소리에, 하루카는 스스로 놀랐다. 하지만, 정말로 지금 유우키를 보고 있으면서 생각한 것이었다.

"……그럼, 해 볼래요?"

확인하듯 말한 유우키에게, 하루카는—살짝 고개를 끄덕였다. 하지만, 하고 싶다고 생각해도, 다른 마음 역시 가슴속에 있었다.

"하지만…… 무서워."

"네에."

하루카의 마음을 전부 꺼내게 할 요량인지, 유우키는 조용히 다음을 재촉해 주었다. 그런 그에게, 하루카는 응석을 부렸다.

"유우키와 똑바로 마주 보고 싶은데 나는 아직 공포심을 전부 극복하지 못했어. 그러니까, 키스, 하는 거…… 무섭다고 생각하고 있어."

결코 유우키가 무서운 게 아니었다.

"직접이 아니면, 괜찮을까요?"

"직접이 아니면, 이라니……."

키스는 입과 입을 마주치게 하는 것으로, 간접적으로 하는 것은…….

"아."

'간접, 키스?'

책에서 읽은 적이 있었다. 같은 컵으로 음료수를 마신다든가, 같은 젓가락으로 먹을 것을 집는다든가. 그것만으로도 간접적인 키스를 했다고 말할 수 있는 것 같았다.

거기에 생각이 미친 하루카는 지금 자신이 쥐고 있는 젓가락을 내려다보았다. 이걸로, 유우키에게 도시락을 먹게 하면 되는 걸지도 몰랐다. 일단 간접 키스라고 하는 것은 클리어할 수 있을 것 같았다.

그러나 먹고 있던 도시락을 먹게 하는 것은 미안해서, 이제부터 서둘러 편의점 도시락이라도 사 올까 망설였다.

바쁘게 시선을 움직이며 하루카는 어쩐지 이 정도 일로 목숨 거는 자신이 바보같이 생각되었다. 하지만, 이 바보 같은 짓을 생각하는 것이, 곤란하면서도 즐거웠다. 하나하나 생각하는 것은 큰일인데도, 그것을 할 수 있는 지금은 너무나도 기뻤다.

"유우키, 잠깐 기다려 봐. 지금 뭔가……."

"그거, 써도 되나요?"

"그거?"

의자에서 일어나려던 하루카는 유우키가 손가락질한 것에 시선을 떨어뜨렸다. 그것은 도시락 통 뚜껑 위에 올려져 있던 디저트 대신의 사과였다.

"……사과?"

"…를, 싸고 있는 랩요."

"랩……."

금방 먹을 수 있도록 껍질을 벗겨 한입 크기로 잘려 있는 사과에는 랩이 둘려 있었다. 그것을 어떻게 하려는 것인지 전혀 짐작되지 않았지만, 거부할 이유도 없어서 하루카는 뚜껑을 내밀었다.

유우키는 사과를 하나 손에 들고, 랩을 벗겼다. 그리고 딱 달라붙어 있던 랩을 가볍게 펼치더니, 그것을 자신의 입술 위에 맞춰 버렸다.

"유우키?"

대체 무슨 흉내지. 혼란스러워 하면서 이름을 부르자, 랩 너머로 뭉개지는 목소리가 귓가에 닿았다.

"이러면, 무섭지 않지 않나요?"

"어?"

"키스, 해 보죠."

"래, 랩 너머로?"

"네에."

랩 너머의, 키스. 하루카의 결벽증을 알고 있는 유우키는 직접 접촉은 하지 않고, 얇은, 정말로 투명한 막 너머의 키스를 하자고 제안해 주었던 것이었다.

애인 사이에 키스를 하지 않으면 안 되지 않을까 하는 초조함과, 아직도 맨살에 닿는 것을 무서워하는 기분의 흔들림을 유우키는 제대로 이해해 주고 있었다.

"이, 이런 거……."

랩 너머의 키스 따위, 책에서도 읽은 적이 없었다. 이것이 보통의 애인 사이에서는 있을 수 없는 일인 것은 아니겠지, 하고 아무리 하루카도 그쯤은 알았다.

그런데도 어째서인지 눈앞이 젖어들었다. 얼마나 자신을 생각해 주고 있는 것일까 하고, 유우키의 깊은 애정을 느끼며, 기뻐서 울어버릴 것 같았다.

"……유우키……."

유우키는 싫어하는 기색도 없이 입 위에 덮은 랩을 누르며 하루카의 반응을 기다리고 있었다.

"……."

조금, 앞으로 몸을 기울였다. 조금 전부터 신경 쓰여서 견딜 수가 없었던 유우키의 입술이 눈앞에 있었다.

천천히, 정말로 천천히 얼굴을 가져가니, 정말로 가까운 눈앞에 유우키의 얼굴이 있었다. 이렇게나 가까워져서 처음으로 그의 눈동자가 조금 갈색을 띠고 있다는 것을 깨달았다.

처음 알게 된 그 작은 진실. 어쩌면 유우키도 하루카의 얼굴에서 지금까지 몰랐던 사실을 발견할 수 있었을까.

"……."

입술이 닿기 직전에 눈을 감고, 제대로, 상대의 그것에 닿았다. 랩 너머로도 알 수 있는 사람의 입술의 부드러움에 팟 하고 몸을 뗀 하루카는 입술을 누르며 그 충격을 참아냈다.

"어땠어요?"

랩을 떼어내며 묻는 말에, 하루카는 입술을 막은 채 망연히 중얼거렸다.

"······사과 맛."

"달았어요?"

쿡쿡 웃게 만들었지만, 하루카는 진지하게 고개를 끄덕였다. 그것은, 사과를 감싸고 있던 쪽에 입술이 닿았을 뿐인 것을 알면서도 어쩐지 유우키와의 키스의 맛이 사과 맛이었다고 뇌 내에 입력되었다.

'키스, 했어.'

랩 너머로였지만, 하루카에게 있어서는 꽤나 충격적인 경험이었다.

다음 날부터 유우키는 매일 아침 하루카에게 손을 뻗어 주게 되었다. 지금까지는 짧은 시간 동안, 마치 하루카에게 사람과의 접촉하는 방법을 기억하게 하는 것 같이 해 주었었지만, 어제 키스를 한 것으로, 하루카 쪽도 유우키와의 접촉을 원하고 있다는 것을 알게 된 모양이었다.

강요하지 않아도 제대로 애인 사이처럼 행동할 수 있게 되자, 다정함이 배로 늘어서, 그것을 받아들이는 하루카는 벅찰 지경이었다.

'그래도······.'

연결된 손을 내려다보며 하루카는 작게 한숨을 내쉬었다.

'역시 장갑은 벗을 수 없고……'

지금까지의 하루카와 비교해 본다면 믿을 수 없을 정도로 친밀한 접촉이 가능하게 되었지만, 역시 맨살로 닿아 보겠다는 결심은 서지 않았다. 유우키가 무섭지 않다는 것을 알고 있는데도, 자신 안의 나약함이 한발 더 나아가려는 발걸음을 막고 있었다.

"또."

"응?"

"그런 얼굴 하지 마세요."

대화가 멈춘 것으로 하루카가 또 머릿속으로 뭔가 잔뜩 생각하고 있다는 것을 꿰뚫어본 것 같았다. 유우키는 연결되어 있는 손을 가볍게 흔들었다.

"같이 힘내는 거죠?"

"……응."

"괜찮아요."

키스를 한 뒤, 첫 경험에 기분이 고조되어 있었던 것일까, 하루카는 자신이 생각해도 뜻밖의 선언을 해 버렸다.

"나, 유우키와 병을 극복하고 싶어. 제대로, 닿고 싶어."

얇은 막을 두고 한 접촉은 하루카에게 그 나름의 안심감은 주었다. 하지만 온기가 부족했다. 조금 차가웠던 유우키의 입술은 직접 닿는다면 더욱 닿는다면 더 따뜻하지 않을까.

처음 품었다고 해도 될 욕망에, 유우키는 제안을 해 주었다.

같이 하루카의 결벽증을 고치기 위해 노력하자고.

결의는 했지만 그로부터 일주일이 지나도 자신들의 거리는 변하지 않았다. 내심 안심하고 있는 주제에 조금은 불만스럽게 생각하고 있는 자기 자신도 분명히 있었다.

"알고는 있지만……."

아마도 밀어붙여 오면 거부할 거면서, 이기적이게도 접촉을 원하고 있는 마음을 처리하지 못해 곤란한 것이다.

"자아, 오늘도 연습해 볼까요?"

"으, 응."

일주일 동안, 매일 한 번씩, 키스 연습을 하고 있었다. 저녁, 도서관에 마중 나와 준 유우키와의, 랩 너머의 키스.

사과맛은 이제 나지 않지만, 처음 닿자마자 떨어졌던 키스보다는 지금은 조금 더 길어졌다.

"어제는 모자란다면서 하루카 씨 쪽에서 들이밀었었죠."

"거, 거짓말."

"진짜."

유우키는 웃으면서 요염한 눈빛으로 하루카를 보았다. 그 안에는 확실한 애정과 조금 내비치고 있는 욕정이 포함되어 있었다. 이 전이었다면 무섭게 느꼈을 그 시선도, 지금은 간지럽게 느끼는 자신은 타산적인 인간일지도 모르겠다.

아니, 조금은 사람과, 유우키와 닿는 것을 스스로 원하게 된 것이다.

"빨리 랩을 치우고 싶네요."

"우……."

"지금 이것도 키스지만, 더 깊숙이 닿는 키스도 있어요."

알고 있다. 지식 안에 있는 키스도, 자신들이 하고 있는 것과는 조금 다른 것이었다.

제대로 된 애인들끼리의 키스는 서로의 혀를 얽고, 타액을 교환하는, 모양이었다. 다른 사람의 체액이 자신의 안에 들어온다. 그것을 상상하자 하루카 안에는 또다시 작은 공포가 피어올랐다.

"……조금 더, 나중에."

잡은 손에서 하루카의 긴장감을 읽은 것일까, 유우키는 그렇게 말하며 보이고 있던 욕정을 깨끗하게 감추어 주었다. 유우키 정도 나이의 남자라면 아주 당연한 욕망을 참게 하는 것이 미안한 반면, 아직 괜찮다고 안심하는 마음도 있었다.

'제대로, 내 페이스에 맞춰 주고 있어.'

그리고 그것을 싫어하지 않아 주고 있었다.

하루카는 심호흡을 하고 몸의 긴장을 풀고는, 자신이 먼저 유우키의 손을 꼭 쥐었다.

버스는 아직 통근의 반 정도 거리는 탈 수 있게 되었다. 그 덕분에 아침은 이전보다도 늦게까지 잘 수 있고, 그 덕분인지 아침의 체력도 깎이지 않아서 일도 순조로웠다.

"시라이시, 이 책 돌려놔."

"네."

이전 같았으면 한 아름이나 되는 책을 옮기는 데 숨이 찼었지만, 최근에는 그런 일도 없어졌다. 주변 동료들도 변했네, 하고 말해주었다.

"시라이시도 어른의 계단을 올라가고 있다는 말이지."

유일하게 하루카의 사정을 대부분 파악하고 있는 사카이는 매번 그렇게 말하며 놀렸다. 주변에 아무도 없을 때 한정이었지만 역시 부끄러워서 반론해 버리고 말았다.

"어, 어른의 단계라니 무슨 소리예요."

"글쎄에."

빙그레 눈을 가늘게 뜨며 웃는 얼굴은 심술궂었다. 이이상 대들면 제 무덤을 파는 것이라고 느꼈지만, 최근 하루카의 변화를 눈앞에서 보고 있는 사카이는 대체 두 사람이 어디까지 진행되어 있는 것인지 흥미가 있는 모양이었다.

"이름으로 불렀었지이."

"……뭐 어때요."

"손도 잡고 있었고."

거기서 말을 끊은 사카이를, 하루카는 경계하며 바라보았다.

"전에는 키스가 이러쿵저러쿵 말했었는데, 오늘은 처져 있네? 혹시…… 해 버렸어?"

"……윽."

이건 웃으며 넘겨버리는 게 최고라는 건 알고 있었다. 하지만 머릿속에 오늘의 유우키의 말이 팟 떠올라 버려서 하루카는 얼굴이 뜨거워져 버렸다. 분명히 형편없을 정도로 얼굴이 새빨개져 있을 터였다.

어쩌지 하고 시선을 헤매는 하루카에게, 지금까지 몸을 들이밀고 추궁하던 사카이가 의자에 자세를 고쳐 앉았다.

"관둘까."

"……사카이 씨?"

"들으면 듣는 대로 뭔가…… 열 받을 것 같네."

근무가 끝나고 하루카는 도서관에서 유우키가 올 것을 기다리고 있었다.

근무시간이 정해져 있는 하루카와 다르게, 학생인 유우키 쪽은 예정이 매일 그때그때 달라서 언제나 그쪽에서 자신의 시간을 조정해서 하루카와의 시간을 확보해 주고 있었다.

학생끼리면 또 다른 교제가 가능했을지도 모른다. 하지만 그렇게 생각해 보았자 쓸데없었다. 하루카가 사회인인 것도, 유우키가 학생인 것도, 만난 당시부터 알고 있던 일이었다.

시각은 오후 여섯 시 십오 분. 여섯 시엔 갈 수 있어요 하고 문자가 왔었는데 뭔가 예정이 변한 것일까.

그렇다면 전화나 문자가 있었을 거라고 생각하면서 하루카는 이미 컴컴해진 창밖에 시선을 돌렸다.

"아."

마침 이쪽으로 오고 있는 유우키의 모습이 보였다. 그도 하루카의 모습을 확인한 것인지 손을 들어 손짓을 해 주었다.

일부러 건물을 돌아 와주는 것은 미안해서, 하루카는 짐을 들고 재빨리 현관 홀로 향했다.

유우키가 올 입구에 가까워져 간 하루카의 귀에, 돌연 이야기 소리가 들려왔다. 아주 고요했던 탓인지 그 이야기는 잘 들렸다.

"……그래서, 일부러 여기서 기다리고 있었던 건가."

'유우키?'

귀에 익은 유우키의 목소리. 하지만 그 울림은 놀랄 정도로 차가웠다. 하루카는 지금까지 들어본 적이 없는 유우키의 목소리에 발이 멈추고 말았다.

"그치만 요새 계속 바쁘다며 시간 안 내줬었잖아? 그냥 소문이라고 생각했었는데, 정말 그 도서관 직원이랑 사귀는 거야?"

하루카가 무서움을 느낄 만큼 무서운 유우키의 목소리에도 전혀 겁내는 기색 없이 말을 걸고 있는 것은 여자아이였다. 유우키가 여자와 같이 있는 모습은 본 적이 있었지만, 말하고 있는 것을 듣는 것은 처음이었다.

어쩐지 엿듣는 것 같아서 뒤로 물러서려 했지만 이제 와서 도서관에 돌아가는 것은 할 수 없어서 하루카는 들키지 않도록 기둥 그늘에서 몸을 움츠렸다.

"너하고 관계없겠지."

"있어. 나, 사귀자고 말했었잖아. 채인 이유가 남자라니, 최악."

"……읏."

'들켰었어⋯⋯.'

자신들의 관계를 퍼뜨리고 있는 것도 아니고, 대학교 안에서 만나는 것도 도서관 안뿐이었다. 같이 학교에 오고 가고 있지만 대학교 근처에서는 손을 잡지도 않았다. 하루카는 자신과 유우키의 관계를 알고 있는 것은 사카이뿐이라고 완전히 믿고 있었다.

하지만 지금 여자아이의 말을 들어보니, 소문이 될 정도로 자신들의 관계는 알려져 있는 모양이었다. 지금은 그저 소문으로 흘러가고 있을지도 모르지만, 어쩌면 곧 대학 측에 알려지게 될지도 몰랐다.

임시였지만 하루카가 대학의 직원인 것은 분명했고, 그 직원이 학생에게 손을 댄 것이 된다. 대체 어떤 처우를 받을 것인지 상상하자 손이 차가워졌다.

"입 다물어 줬으면 좋겠어?"

유우키의 목소리는 들리지 않았다. 지금, 그는 어떤 얼굴을 하고 있을까.

"키스로, 입 다물어 줄게."

의기양양한 듯한 웃음기가 밴 여자의 목소리에, 하루카는 숨을 삼켰다.

자신의 입술이 닿았던 유우키의 그것이, 다른 누군가와 닿으려 하고 있다. 상대는 자신이 아니었다, 랩이라는 막

따위 없이, 분명히 바로 입술을 겹쳐버릴 것이다. '하루카 씨'라고 다정하게 불러주는 그 입이, 다른 누군가에게—

하루카는 그 자리에 주저앉아 새어나올 것 같은 목소리를 양손으로 필사적으로 막았다. 지금, 자신이 나가서는 안 되었다.

'유우키……!'

자신은 어째서 유우키와 같은 나이가 아닌 것일까. 아니, 적어도 결벽증이 아니었더라면 조금 더 자신을 가지고 유우키를 묶어둘 수 있는 접촉도 가능했을 것이다.

다른 누군가와 키스한 유우키에게 앞으로 자신은 키스할 수 있을까. 겨우 앞으로 나아갈 수 있었던 마음이, 한발 후퇴해 버릴 것 같았다.

"시미즈."

그때 유우키가 상대의 이름을 불렀다. 듣고 싶지 않아 귀를 막고 싶었지만, 지금 입에서 손을 떼면 오열이 새어나와 버린다.

"키스는 못해."

"어째서? 키스 정도, 괜찮잖아! 게다가, 유우키의 비밀을 지킬 수 있다고?"

"그래도 나는 하루카 씨 이외의 사람에게 키스하고 싶지 않아. 겨우 손에 넣은 사람이야. 바보 같은 행동으로 잃을

정도라면 들키는 쪽이 나아."

딱 잘라 상대를 거절하는 유우키의 목소리에 망설임은 없었다.

"······괜찮아? 그 사람, 여기 일 잘리게 될 수도 있다고?"

"그러면 취업활동을 도와줄 거야. 차라리 같은 대학이 아닌 편이 마음 편할지도 모르고."

그러고부터 두 사람의 목소리는 들리지 않았다. 하루카는 이제 오열이 멈추지 않아 또르르 또르르 흘러내리는 눈물이 오렌지색 코트에 젖어들고 있었다.

"······듣고 있었어요?"

갑자기 곤란한 듯한 목소리와 함께 나타난 유우키가 눈앞에서 허리를 숙였다. 눈이 마주치고 있을 터였지만 눈물이 번져 그 얼굴이 제대로 보이지 않았다.

"멋대로 말해서 죄송합니다."

하루카가 전부 들었다는 전제로 유우키는 머리를 숙여 사과했다.

"하루카 씨가 이 직장을 좋아하는 거, 잘 알고 있어요. 그런데도······ 제 입으로 그런 말을 하는 게 아니었어요."

"······으."

'아냐.'

그런 일로 울고 있는 게 아니었다. 그렇게 전달하고 싶은데, 입에서 나오는 것은 한심한 울음소리뿐이었다.

"그 녀석은 내일 제대로 입막음 해둘게요. 원래는 깔끔한 녀석이에요, 잘 이야기하면 이해해 줄 겁니다."

"……."

"하루카 씨."

"……."

"하루카 씨, 화나셨어요?"

하루카는 겨우 고개를 가로로 저었다. 그리고 입을 막고 있던 손을 가까스로 뻗어, 유우키가 입고 있는 코트를 쥐었다.

"……키."

"네?"

"……좋아, 해."

겨우 쥐어짜 나온 말을 들은 순간, 유우키의 눈이 크게 벌어졌다. 그리고 다음 순간, 견디려는 듯 한 번 눈을 감았다가, 다시 뜬 그의 갈색빛 도는 눈동자는 젖어들어 있는 듯 보였다.

어쩌면 이것은 자신이 울고 있는 탓인지도 몰랐다. 그렇다고 해도, 하루카는 유우키가 자신의 말을 받아들여 준 것을 느꼈다.

"저도, 좋아합니다."

"……응."

"하루카 씨를, 좋아해요."

"나, 도."

"좋아해요."

어둑어둑한 현관 홀에서 서로에게 몇 번이고 마음을 전달한다. 이때 처음으로 하루카는 유우키와 진정한 연인이 되었다고 느꼈다.

다음 날, 하루카는 어제의 여자아이를 만난다고 하는 유우키를 따라갔다. 분명히, 지금까지의 자신이었다면 피했겠지만, 지금은 유우키와 함께 책임을 진다는 것에 거리낌이 없었다.

어제는 목소리밖에 듣지 못했지만, 시미즈라는 여자아이는 아름다운 요즘 여대생이었다. 하루카보다도 훨씬 신장이 작을 뿐으로, 자신으로 가득 찬 눈은 눈부실 정도였다.

그녀는 유우키와 같이 나타난 하루카에게 놀란 듯했지만, 머리를 숙이며 두 사람의 관계를 대학교 측에 말하지 말아 달라고 부탁하자 커다란 한숨과 함께 고개를 돌렸다.

"이렇게까지 해 버리면, 제 쪽이 심하게 나쁜 여자가 되잖아요."

다소 빡빡한 말투였지만, 유우키가 말한 대로 깔끔한 성격인 그녀는 말을 퍼뜨리지 않기로 약속을 해 주었다. 물론 그것은 믿어도 될 거라고 생각한다.

유우키와의 관계를 비밀로 하고 싶지는 않지만, 오히려 공표하지 않는 게 좋다고, 어제 돌아가는 길에 두 사람은 말을 나누었다. 이 일을 대학 측이 알게 되어서, 하루카가 퇴직 당하게 될 가능성은 제로가 아니었다. 그렇다면 말하지 않는 편이 나았다.

"그 여자애, 좋은 애네."

시미즈와 헤어진 하루카는 유우키에게 배웅을 받으며 도서관을 향하고 있었다. 개인적으로 여자아이와 이야기해 보는 건 거의 처음이었지만 어쩐지 사카이와 닮은 듯한 느낌이라, 의외로 대화를 나누기 쉬웠다.

만약 이후에 스쳐 지나가는 일이 있다면, 하루카 쪽에서 인사를 해 볼까 하는 생각마저 들었다.

"안 돼요."

"어?"

"하루카 씨는 제 애인이니까."

좋아한다고 말한 탓인지, 어제 돌아가는 길에서부터 계속 붕붕 떠 있던 유우키가, 삐친 듯이 하루카의 손을 쥐며 흔드는 모양이 귀여웠다.

"……응, 그렇네."

자각은 제대로 가지고 있었다. 누구에게도 빼앗기고 싶지 않은 상대, 유우키가, 사랑스러운 애인이다.

여섯 걸음
뭉글뭉글 싹 틔우는 욕망

"하루카 씨."

이름이 불려서 얼굴을 든 하루카는 눈앞에 있는 봐도 봐도 질리지 않는 멋진 얼굴을 보고 얼굴이 빨개졌다. 무엇을 요구받고 있는지 말하지 않아도 알고 있다.

하루카는 얼굴을 가까이 가져가고는, 남자답게 도톰한 입술에 자신의 것을 겹쳤다…… 랩 너머로.

"……읏."

키스는 각도를 바꾸어, 조금 강하게 빨아들인다. 무심결에 새어 버린 목소리가 부끄러웠지만 충분히 긴 키스 뒤에 겨우 입술이 해방되었다.

"……하아."

그동안, 하루카의 양손은 무릎 위에서 꾸욱 주먹 쥐어져 있었다. 불안정한 자세에, 사실은 유우키의 몸에 감싸이고 싶지만 키스를 하고 있는 때에 몸이 닿는 것은 아무래도 부끄러웠다.

'그렇게 생각하는 것만으로도 진보일지도.'

이전까지라면 무섭다는 감정 쪽이 먼저 나올 법했지만, 지금은 수치심 쪽이 강했다. 하지만 이쪽이 하루카에게 있어서는 좋은 경향이었다.

유우키도 키스할 때에는 손을 뻗어오지 않았다. 강하게 끌어안고 싶은 마음도 있었지만 역시 몸이 거부반응을 보일 가능성이 있어서, 그렇게 되어버렸을 때에 유우키가 싫은 기억을 가지게 되는 건 아닐까 걱정이 되어서 아무래도 거리를 두기를 바랐다.

입술은 겹치고 있는데 몸은 떨어져 있다. 일그러져 있다고, 어쩐지 풀이 죽을 것 같았다.

"이번 휴일, 어디 가지 않을래요?"

"응."

"어디 갈까요?"

유우키와는 몇 번인가 대학교 밖의 데이트를 반복했다.

가는 장소는 어디든 사람이 적고 조용한 장소가 많았지만, 거의 밖으로 나가지 않았던 하루카에게 있어서는 설령 가까운 공원이더라도 신기했고, 즐거웠다.

"저기, 하루카 씨."

이번에는 어디로 데려가 줄까. 하루카가 생각하고 있자 유우키가 몸을 앞으로 쑥 내밀었다.

"하루카 씨의 집에 가면 안 되나요?"

"우리 집?"

놀랐다. 설마 자신의 집이 선택지가 될 거라고는 전혀 생각해 보지 못했기 때문이었다.

"싫으면 싫다고 말씀하셔도 돼요."

벌써 셀 수 없을 만큼 유우키는 하루카의 맨션에 왔지만 언제나 현관 앞까지였고 방에 들어온 적은 없었다.

부모님과 이삿짐 센터 사람이 들어온 것 이외에는 아무도 들어온 적 없었다. 가장 안심할 수 있는 공간에 누군가의 흔적이 남는 것이 무서웠기 때문이었다.

그러나 그렇게 생각하고 있던 것은 유우키와 사귀기 전까지였다.

지금의 하루카는 유우키와 애인으로서 사귀고 있는데다가, 손도 잡고 키스도 한다. 단지, 그것들은 장갑 너머와 랩 너머로여서, 유우키와 직접 닿고 있는 것은 아니었다.

'내 방에, 유우키가 와서…….'

그가 바닥의 러그 위에 앉아, 컵으로 커피를 마신다.

테이블에 닿고, 어쩌면 침대에라도 몸이 닿아버릴지도 몰랐다. 그것을 자신은 견딜 수 있을까. 유우키에게 장갑을 껴 달라는 말 따위를 할 수는 없는 노릇이었다.

"……괜찮, 아."

조금 시간차를 두고 하루카는 고개를 끄덕였다.

"정말로?"

말은 해 봤지만, 정말로 승낙할 거라고는 생각하지 못했었는지, 유우키가 놀란 듯이 되물었다.

"응."

상상을 해도, 실제로는 어떻게 될지 되어 보지 않으면 모른다. 역시 현관 안으로 불러들인 순간 안 되겠다 생각할지도 모르고, 지금 감정인 그대로 유우키라면 허락할 수 있을지도 몰랐다.

그것을 시험해 보고 싶다고 생각했다. 분명히 안 될 거라고, 상상하기 전에 포기해 버리는 것은 아깝다고 느꼈던 것이다.

"좁, 지만, 부디."

또 조금, 유우키와의 거리를 좁히는 일이 될 수 있을까. 그렇게 생각하는 것이 즐거웠다.

유우키가 놀러 오는 것은 정오 이후. 점심은 하루카가 만들기로 했다.

아침부터 방을 반짝반짝하게 청소를 하며 기분이 처지지 않도록 마음을 휘저어보려 했지만, 시간이 시시각각 가까워짐에 따라 억누르고 있던 불안이 머리를 치켜들었다.

"……괜찮을까."

자신의 안심할 수 있는 공간에 정말로 유우키를 불러들이는 것이 가능할까, 생각하면 생각할수록 후회가 되기 시작해, 그런 자신을 자기혐오 해버렸다.

이런 상황이라면 유우키는 사양하고 집에 돌아가 버릴지도 몰랐다. 하루카의 감정에 대해서는 기민하게 꿰뚫어보는 그였다. 시기상조라고 그 자리에서 판단해 버릴지도 몰랐다.

"……괜찮아."

하루카는 몇 번이고 심호흡을 하며 소리 내어 자기 자신에게 말을 걸었다. 자신이 안고 있는 병을 여기까지 개선시켜 준 유우키였다. 분명히 이 불안도 없어져 버릴 거라고 믿었다.

"안녕하세요."

그로부터 십오 분 후.

약속의 시간에 인터폰이 울려, 유우키의 도착을 알렸다. 문을 열기 전에 최후의 기합을 넣고, 하루카는 기세 좋게 열어젖혔다.

"어서 와."

"……."

유우키는 바로 하루카의 얼굴을 보고, 다음 순간에는 안심한 듯 웃었다. 역시, 하루카의 낯빛을 보고 오늘 일을 판단하려고 생각한 모양이었다.

"어서, 들어와."

"네에, 잠깐 기다려 주세요."

그렇게 말한 유우키가 현관 앞에서 가방으로부터 꺼낸 것은 얇은 고무장갑이었다. 그는 맨손이었던 자신의 손에 그것을 끼우고, 겨우 문손잡이를 잡고 방으로 들어왔다.

"유우키, 그거……."

"이쪽이 안심되죠?"

확실히, 장갑을 끼어 주는 것만으로도 안심의 정도가 달랐다. 힘이 잔뜩 들어가 있던 어깨에서 기운이 빠진 것도 분명했다.

하지만 이건 다른 거였다. 하루카는 자신의 손을 내려다보았다. 자신은 자택이라서 장갑은 끼지 않았지만, 반대로 유우키는─

"……그거, 벗어."

"엇? 그래도……."

"괜찮아."

말하자면, 이것은 거친 치료였다. 언제까지고 장갑에 기대고 있는 자신은, 유우키에게 맨살로 닿을 수 없었다. 쓸쓸하다고 하는 마음을 채우기 위해서는 도망칠 곳을 없애 버리지 않으면 안 되었다.

유우키는 하루카의 얼굴과 자신의 손을 교대로 보고 있었다. 정말로 괜찮은 것인지 걱정인 거겠지. 다음으로 눈이 마주친 순간, 하루카는 다시 한 번 강하게 고개를 끄덕여 보였다.

"……알겠습니다."

하루카의 굳은 결심을 느낀 것인지, 유우키는 방금 막 끼운 장갑을 벗어 주머니 속에 넣고, 다시 한 번 '실례합니다'라고 말한 다음 방에 들어왔다.

원룸이기 때문에 한눈에 방 안을 바라볼 수 있었다. 유우키는 실례가 되지 않을 정도의 흥미를 보이며 한 번 방을 둘러본 뒤, 유우키를 보며 웃었다.

"기뻐요, 초대해 주셔서. 제가 고집을 부려서이긴 해도."

"그런 거 아니야, 내 쪽이야말로 기회가 없었던 것뿐이었으니까. 자, 거기 앉아, 지금 점심 먹을 거니까."

미리 준비해 놓은 볶음밥을 조금 어색한 손길로 완성해, 수프, 샐러드와 함께 테이블 위에 올려놓았다. 자신의 움직임을 일일이 유우키가 시선으로 쫓고 있다는 것을 알았지만, 오히려 무시하고 자신도 그 앞에 앉았다.

"자아."

"잘 먹겠습니다."

잘그락 잘그락 식기가 울리는 소리와, 이따금 오가는 대화. 어쩐지 여기에 유우키가 있는 것이 신기해서 견딜 수 없었다.

몇 번이고 확인하듯 시선을 향하고 있자, 유우키가 쿡쿡 웃으며 물어왔다.

"어쩐지 동물원의 동물이 된 것 같네요."

"미, 미안."

먹기 힘들게 했나 싶어 사과하자 유우키는 아니에요 하고 바로 부정했다.

"하루카 씨가 봐 주는 건 기쁘니까요. 사양할 것 없이 더 더 봐 주세요."

"무, 무슨 소리를 하는 거야."

"사실이 그러니까요."

부끄러워서 볶음밥이 목구멍에 걸릴 것 같았다. 유우키는 뒷정리를 해 줄 요량인 것 같았지만, 오늘은 편히 있어

줬으면 했다.

"유우키는 앉아 있어."

움직이는 편이 진정이 된다는 자신의 고집이었다.

하루카가 말하자 유우키도 강하게는 말하지 못하고, 다시 러그 위에 앉았다. 그것을 보고서 하루카는 설거지를 시작했다.

"원룸이라도 제대로 됐네요."

말을 걸어오는 목소리에, 하루카는 응 하고 대답했다.

"부모님이 걱정쟁이셔서, 방범은 특히 신경을 썼어. 게다가 방음도 제대로 잘 되는 것 같아서 옆집 소리는 전혀 들리지 않아."

소리가 울리는 것은 각오하고 있었기 때문에, 맥이 빠질 정도였다. 이사 한 첫날, 고요하게 가라앉은 방 안에서 혼자 있으려니 외로워서 눈물이 나왔던 것은 비밀이다.

"……좋아."

많지 않은 설거지를 끝내고 하루카는 휙 뒤돌아보았다. 그 순간 이쪽을 보고 있던 유우키와 시선이 마주쳤다.

"아……."

그때부터 계속 보고 있었던 것이다. 그렇게 생각한 순간, 등 뒤가 조금 뜨거워진 느낌이 들었다.

"하루카 씨."

유우키는 자신의 옆을 팡팡 두드리며 하루카를 불렀다. 흔들흔들 다가선 하루카는, 한순간 멈칫거린 다음, 정말 약간 유우키로부터 떨어진 장소에 정좌했다.

닿고 있지 않은데도 벌써 나란히 있는 팔이 뜨거웠다.

"……긴장하고 계신가요?"

"으, 응."

"……손, 잡아도 될까요?"

"내 쪽, 에서."

하루카는 무릎 위에서 주먹 쥐고 있던 손을 바라보았다. 조금 떨리고 있었지만, 괜찮았다, 제대로 움직이고 있었다.

그대로 천천히, 하루카는 정말로 슬로우 모션 같은 움직임으로 손을 뻗어, 가만히 유우키의 손등에 손끝을 댔다.

맨손으로 유우키의 손에 닿는 것은 이번이 처음이었다. 손끝뿐인데도 벌써 뜨거워져서, 조금 무서워 되돌리고 싶어졌다. 하지만 가만히 움직이지 않은 채 하루카를 지켜봐 주고 있는 유우키를 생각하면…… 참을 수 있었다.

"어떠세요?"

잠시 후 그렇게 질문 받았다. 떨어뜨리지 않은 채 손끝을 바라보며 하루카는 생각한 말을 입에 담았다.

"무섭지 않아."

"……"

"유우키는, 무섭지 않아."

어릴적, 자신을 공포로 밀어 넣었던 남자의 손과, 지금 유우키의 손은 비슷한 크기였다. 그런데도 이 손에 닿아 있지만 토기는 오르지 않았다.

두근두근 심장 소리는 시끄러웠지만 그것이 공포와는 별개의 감정 때문이라는 것은 진작 알고 있었다.

"제 쪽에서 만져도 될까요?"

대답하는 대신 하루카는 손가락을 떼고 그 자세 그대로 유우키가 손을 뻗는 것을 기다렸다. 이윽고 조심스럽게 뻗어온 긴 손끝이 자신의 손에 닿아, 천천히 감싸는 듯이 쥐어진 순간, 하루카는 깊은 숨을 토했다.

"하루카 씨?"

"어쩐지…… 지금이라면, 뭐든 할 수 있을 것 같아."

이 한 걸음이, 가장 용기가 필요했었다고 생각했다. 오랜 시간 자신의 몸을 덮고 있던 막에 바늘구멍만큼 작은 구멍을 뚫어, 거기서부터 열심히 손을 내밀어 구멍을 넓혔다— 그런 기분이었다.

"……자아."

"……웃."

겹쳐져 온 유우키의 얼굴이 시야에 가득 차고, 다음 순간에는 가볍게 입술에 무언가가 닿은 것을 알았다.

'지, 금······.'

"좋아해요, 하루카 씨."

랩 너머가 아닌 첫 키스는, 이거라는 자각 없이 끝나버리고 말았다. 감촉도, 열기도, 맛도, 알 수 없었다. 어쩐지······ 아까웠다.

"한, 번 더."

"예?"

"한 번 더······돼?"

마음 크게 먹고 조르자, 다음 순간에는 강하게 끌어안겨, 그대로 입술이 덮쳐졌다. 몇 번이고 가볍게 입 맞춰지는 동안 자연스럽게 입술이 벌어져 갔다. 그러자, 스르륵 안으로 혀가 침입해 왔다. 역시 놀라고 말아서 움찔하며 물어버릴 뻔했지만, 유우키는 재주 좋게 그 저항을 피해 쓰다듬듯 유우키의 혀에 얽혀왔다.

"으응, 으······ 응."

도망치려고 필사적으로 혀를 움직일 때마다, 오히려 유우키의 그것에 착 들러붙게 되어서 벗어날 수 없게 되었다. 흘러들어오는 타액도 무의식중에 받아넘기며, 유우키의 넓은 등에 양손으로 매달렸다.

'괴, 괴로워······!'

숨을 쉴 수 없어서 현기증이 났다. 정신이 아득해질 것처

럼 되어서 반사적으로 유우키의 등을 주먹으로 두드리자,

"……흣."

겨우 입술이 떨어졌다.

하루카는 유우키의 어깨에 뺨을 대고 기대어 있었다. 방금 전까지 손끝이 닿는 것조차 조심스러웠었는데 비유적으로 말한 거친 치료가 정말로 효과를 봐 버린 것 같았다.

"죄송합니다, 무섭게 들이대 버려서……."

커다란 손이 다정하게 머리카락에 닿았다. 마음이 편해져서 방금 전의 갑작스러운 깊은 키스를 용서해 버릴 것 같아졌다.

'키스…….'

그래, 제대로 된 키스를, 유우키와 해냈다. 한 번에 혀를 얽는 것까지 진행해 버렸지만, 지금 다시 젖은 입술에 닿는다 해도 혐오감은 없었다.

"하루카 씨."

좀처럼 대답을 하지 않은 탓인지, 유우키는 하루카가 화를 내고 있다고 생각한 모양이었다. 곤란한 듯 이름을 부르며 달래듯 등을 쓸어주었다.

"정말로…… 갑작스러웠어."

"죄송합니다. 하지만, 하루카 씨와 키스를 할 수 있어서 기뻐요."

"……응."

용기 내서, 제대로 유혹하길 잘했다. 그렇게 생각할 정도로, 지금 하루카의 마음은 만족하고 있었다.

제대로 키스를 할 수 있었다는 것이 기뻤다.

"아."

무심결에 낸 목소리에 유우키가 얼굴을 들여다보았다.

"왜 그러세요?"

"아, 응, 저기……."

'키스만이라면…….'

이 순간까지 하루카는 키스가 결승점인 것처럼 생각하고 있었지만, 분명히 사카이는 그렇게 말하지 않았던 터였다.

"어째서? 사귀고 있잖아, 너네들. 뭐, 남자들끼리의 섹스는 허들이 높긴 하겠지만 키스 정도라면 여자랑 다를 게 없지 않아?"

허들이 높지만, 남자끼리도 섹스는 할 수 있다는 소리다.

하지만 대체, 어떻게 하는 것일까. 지금 방금 키스를 경험했을 뿐인데 너무 이른 걸까, 그렇게 생각을 떠올려 버리자 신경이 쓰여 견딜 수가 없었다. 물론, 그런 행위를 유우키가 바라고 있는지 어떤지도 모르지만, 만약에, 만약에—

"몸을 원한다고 하면 어떻게 하냐고?"

"모, 목소리가 커요!"

"됐어, 나 좀 삐쳐 있으니까. 아니, 성장하는 건 좋은데 너무 빠르다고."

그렇게 말한 사카이는, 손에 들고 있던 캔 커피를 한입에 털어 넣었다. 질렸다는 걸까 하고 느낀 하루카는 사카이의 곁에서 몸을 움츠렸다.

분명히 이런 일을 사카이에게, 아니 제삼자에게 말을 하는 건 좀 아니라는 건 알고 있었다. 스스로 생각하고, 그래도 모르겠을 때에는 상대인 유우키에게 묻는 것이 정답이었다.

단지, 그런 것에 대해 하루카의 지식은 전혀 없는 데다가 기준도 없어서 생각한다는 것 자체에 한계가 있었다.

'학교 수업에서는 여자애 상대일 때 얘기밖에 없었고…….'

설마 자신이 남자를 연애대상으로 생각할 거라고는 상상조차 못했었지만, 이제 와서 그런 것은 도망가는 말밖에 되지 않았다.

"……너 말야, 친구들이랑 야한 얘기 해 본 적 없지?"

"……네, 모두 저한테 신경을 써 줘서……."

사건 이후, 어떻게든 성적인 것을 무서워하는 하루카에 대해서 몇 안 되는 친구들은 일부러 그런 류의 이야기를 피해 주었다.

　만화나 텔레비전은 거의 보는 일이 없었고, 인터넷도 자신이 흥미가 있는 것에만 시선을 줬었다. 유일하게, 책은 잡식이라고 할 만큼 읽었지만, 그래도 그런 장면이 있는 것은 일부러 피했고 만약 나온다고 해도 건너뛰고 읽을 정도였다.

　"이상, 한 거죠?"

　"별로."

　풀죽는 하루카에게, 사카이는 바로 부정해 주었다.

　"사람이야 제각각이니까."

　"사카이 씨……."

　"게다가, 지금 너는 애인 일을 열심히 목숨 걸고 생각하고 있는 거 아닌가. 조금 늦은 사춘기가 찾아온 것 정도려나."

　아니, 제2차 성장기구나 같은 말을 들어도 뭐라고 대답을 해야 될지 모르겠다.

　"아무튼, 머리로 생각하지 마. 본능 그대로 움직이면 어떻게든 길은 열린다고."

　"본능 그대로, 인가요."

"잘 생각해 봐. 내가 생생한 이야기를 하면 절대로 주변 사람들이 성희롱이다 뭐다 공격해 올 거라고. 여기 직원들 사이에서, 나보다 네 쪽이 더 인기가 있단 말이야."

"그럴 리가."

"있어."

그렇게 말한 사카이는 힐끔 시계를 올려다보았다. 덩달아 하루카도 시선을 향했지만 쉬는 시간은 아직 조금 남아 있는 것 같았다.

그러자,

"시라이시."

갑자기 일어선 사카이가 하루카의 눈앞에 섰다. 장신의 사카이를 올려다보는 것은 꽤 힘든 일이라, 하루카는 휘익 턱을 치켜들었다.

"왜 그러세요?"

"시험 삼아, 원한다고 해 줄까?"

"예?"

손이 뻗어왔다.

"네 몸."

"하루카 씨."

하루카가 뒤로 후다닥 물러서자, 휴게실 문이 기세 좋게 열린 것은 거의 동시였다.

"유, 유우키?"

너무 타이밍이 좋은 유우키의 출연에 당황하고 있자, 하루카 앞을 가로막고 선 그가 사카이를 응시했다.

이전에도 같은 장면이 있다고 막연하게 생각하고 있던 하루카의 귀에, 위협 섞인 유우키의 목소리가 들려왔다.

"당신이 성희롱하고 있었던 겁니까, 사카이 씨."

뼛속까지 한기가 스며들 것 같이 낮은 유우키의 말에도 전혀 태도의 변화 없이, 사카이는 다시 의자에 앉아서 시치미를 뗐다.

"성희롱을 당하고 있던 건 이쪽이라구."

"……."

"애인끼리의 성생활에 대해서 들어야 되는 입장이 돼보라고."

"성생활이라니……."

돌아보는 유우키의 놀라움을 담은 시선에 닿아, 하루카는 배겨낼 수 없는 기분으로 눈을 피했다.

자신이 꺼낸 이야기라고는 해도, 당사자인 유우키에게 그 말이 들어가 버리면 본전도 못 건진다. 아니, 지금 시점에서 유우키에게 말하지 않고 사카이와 상담을 한 의미가 전혀 없어지게 되고 말았다.

"유우키, 어떻게……."

여기로 들른다는 문자는 없었다. 우연히 시간이 비었나, 하고 어떻게든 화제를 돌려보려 묻자 그는 조금 표정을 부드럽게 하며 사정을 설명해 주었다.

　"문자가 왔어요. 성희롱 중이라고."

　"어?"

　"……그렇죠, 사카이 씨."

　"사카이 씨? 어? 유우키, 사카이 씨랑 문자 하고 있었어?"

　"불가항력으로 번호 따였었어요."

　"거짓말쟁이. 일하는 중에 이 녀석 상태를 알고 싶다고 말한 건 너였잖아."

　가릴 것도 없이, 마치 친한 친구들끼리 하듯 대화를 이어가는 유우키와 사카이. 완전히 서로 안 맞는다는 생각이 있다고 생각하고 있었지만, 이유는 어떻든 서로 연락을 주고받을 정도로는 친해진 모양이었다.

　애인과, 직장 선배. 소중한 두 사람이 사이가 좋은 것은 기뻐서, 하루카는 놀라면서 완전히 표정을 바꾸어 생글생글 웃으며 뺨에서 힘을 빼고 유우키의 옷을 잡아당겼다.

　"사이가 좋네. 이번에 세 명이서 놀러 갈까?"

　"……생각해 볼게요."

　미묘하게 말을 돌리며 긍정해 준 유우키에게 만족하고

있던 하루카는, 왜 사카이가 유우키를 여기로 불렀는가까지는 머리가 돌지 않았다.

"그래서, 애인의 성생활이라는 게 무슨 소린가요?"

업무 종료시각을 맞이해, 언제나처럼 유우키의 배웅을 받고 있던 하루카는, 돌연히 꺼내진 말에 무심결에 입을 딱 벌리고 단정한 얼굴을 올려다보았다.

"쉬는 시간에, 사카이 씨랑 얘기하고 계셨었죠?"

"아, ……그거, 그."

쉬는 시간 후에, 새로 입고된 책의 정리에 쫓겨버려서, 하루카는 완전히 그때의 일을 잊어버리고 있었다. 하지만, 유우키는 완전히 기억하고 있었던 모양이었다. 그러자 하루카도 금방 상황을 기억해 내어, 미묘하게 안절부절못하며 기가 죽고 말았다.

"사카이 씨에게는 말할 수 있고 저한테는 말 못할 일이란 거…… 없죠?"

그렇게 단정해 버리면, 더욱더 얼버무리기가 힘들어져 버린다. 하루카는 몇 번이고 유우키의 얼굴과 자신의 발끝 사이에서 시선을 헤맸다.

좀처럼 말을 꺼내지 못하는 하루카를 어떻게 생각했는지, 문득, 유우키가 시선을 돌렸다.

"제가 의지가 안 되어서 사카이 씨와 상담을 한 건가요?"

"아, 아니야!"

스스로도 글렀구나 생각할 정도로 하루카는 유우키를 의지하고, 신뢰하고 있었다. 사카이에게 말해버린 것은 부끄러움이라는 자신의 기분을 우선해 버렸기 때문일 뿐이었다.

그런 기분으로 유우키에게 싫은 기분을 만들고 싶지 않았다.

"저, 저기, 우리 집에 와 줄 수 있어?"

일단은 사람이 다니는 길에서 할 수는 없는 이야기라 하루카는 과감하게 유우키를 자신의 집으로 초대했다.

"그럼, 얘기해 주시는 거예요."

하루카는 몇 시간 이상 빨리 귀가한 느낌이었지만 유우키에게 있어서는 긴 시간이었을지도 몰랐다. 현관의 열쇠를 열자마자 등이 밀려 하루카는 그대로 침대에 앉게 되었다.

유우키는 어땠냐면, 하루카의 앞 바닥에 바로 앉아서 조금 올려다보는 시선을 돌리지 않은 채였다. 말하기로 결심한 것을 이 이상 미룰 수는 없어서 하루카는 작은 목소리로 더듬더듬 자신이 불안하게 생각하고 있던 것을 말했다.

"하루카 씨……."

마지막까지 하루카의 말을 끊지 않고 들어 주고 있던 유우키는 한동안 입을 다물고 있었지만, 이윽고 쓴웃음 섞인 목소리로 이름을 부르더니 그대로 하루카를 끌어안아 주었다.

익숙해졌다고는 하지만 아무래도 처음엔 딱딱하게 굳어 버리는 몸이지만, 바로 유우키의 다정한 팔에 안심하고 힘을 뺐다. 하루카가 몸을 맡긴 것을 알자 가만히 머리카락을 쓰다듬었다.

"정말로, 그걸 사카이 씨에게 말했다면 성희롱이네요."

"미, 미안."

후회하며 사과하자, 달래듯 토닥토닥 등을 두드려 준다.

"우리들의 일이잖아요? 하루카 씨가 불안하게 생각하는 것은 무엇이든 저에게 말해 주세요. 둘이서라면 분명히 해결할 수 있는 것들 뿐일 테니까."

"으...... 응."

하지만 그렇게 되면 유우키는 하루카의 일에 언제나 휘둘리게 되는 건 아닐까. 아무리 생각해도, 연상인 주제에 세상 물정 모르는 하루카는 연애에 관해서도 모르는 것이 너무 많았다.

떨떠름한 대답에, 눈치 빠른 유우키는 하루카의 주저를 느낀 모양이었다. 그렇다면, 하고 제대로 하루카가 납득할 수 있는 제안을 해 왔다.

"저도 제가 가지고 있는 생각을 하루카 씨에게 제대로 말하기로 할게요. 하루카 씨에게 어리광 부릴 거예요. 그걸로 쌤쌤이죠?"

자신도 하루카에게 기댈 거라고 말하는 것에, 하루카는 겨우 고개를 끄덕일 수 있게 되었다. 그것도 분명 유우키는 하루카를 위로하기 위해 말한 것일 거라고 생각했다. 그래도, 이런 상황이라 나온 말이었으니, 이번에는 자신도 유우키를 자신에게 어리광부리도록 하겠다고 하루카는 강하게 결심했다.

"자아, 다음부터는 사카이 씨가 아니라, 저에게 말해 주세요."

"응, 약속할게."

다시금 반복해 말한 하루카는, 겨우 안심하자마자 쌀쌀함을 느꼈다.

"······아, 커피도 내오지 않아서 미안, 지금 준비할 테니까."

사실은 저녁을 먹고 싶을 정도였지만, 아쉽게도 냉장고 안에 남아 있는 재료가 적었다. 적어도 커피 정도는 마셔서 몸을 덥히고 싶다고 생각해 일어선 하루카는, 갑자기 팔을 붙잡혀 멈춰 섰다.

"유우키?"

무슨 일인가 돌아보자 유우키는 장난꾸러기 같은 미소를 띠고 있었다.

"지금, 제가 생각하고 있는 거, 말해도 돼요?"

"으, 응, 그래."

배가 고픈 걸까. 가볍게 고개를 끄덕인 하루카는, 그 직후 맹렬하게 후회하게 되었다.

일곱 걸음
아슬아슬한 도전

목욕을 끝낸 하루카는 잠옷 소매를 억지로 끌어당기고는 탈의실 문을 빼꼼 열었다.

방 가운데에 놓여 있는 낮은 테이블 앞, 러그 위에 유우키는 책상다리를 하고 앉아 있었다. 처음 방 안에 들어왔을 때에는 긴장한 모습이었지만, 이렇게 보이는 상태로는 느긋하게 있는 것 같았다. ……아니, 어쩌면 즐기고 있는지도 모르겠다.

"어쩌지……."

방금 전, 무슨 얘기든 서로 하자고 정했다. 그래서 유우키는 지금 자신이 생각하고 있는 것을 알려 주었다. 하지만 설마 그것이 자위일 거라고는 생각지도 못했다.

"하루카 씨는 자위를 한 적이 없었죠? 제가 가르쳐 드리고 싶은데요."

섹스에 대한 것을 고민하고 있다고 고백했을 때, 말하는 김에 자신이 가진 지식의 빈약함을 토로해 버리고 말았다. 그 당시에는 특별한 반응은 없었다고 생각했는데 설마 집에서 이런 말을 듣게 될 줄은.

도서관이었다면 이런 곳에서는 할 수 없다고 반론할 수 있었을 것이다.

물론 길 위에서도 마찬가지다.

하지만, 집이라면…… 자신의 사적인 공간이라면, 싫다고 할 만한 커다란 이유가 없어져 버린다.

주저하고 있는데, 작게 재채기가 터져 나오고 말았다. 그걸로 하루카가 욕실에서 나온 것을 눈치챈 유우키가 일어나 이쪽으로 다가왔다.

"감기 걸려요. 이쪽으로 오세요."

"……"

꾸욱 입술을 닫고, 굳은 결심과는 반대로 주춤주춤 탈의실에서 나온 하루카는 자신의 방임에도 묘하게 불편한 느낌을 받으며 방 가운데로 돌아갔다.

"귀여운 잠옷이네요."

"평범한 거야."

겨울이니까 따뜻한 색이 좋겠지 하고 코트와 같이 보내져 온 크림색 잠옷은 딱히 이렇다 할 정도로 특별한 것은 아니었다. 긴장하고 있는 하루카의 기분을 풀어주기 위해서 그런 것인지도 모르고. 어떻게 하면 좋을까 헤매는 시선을 유우키에게 보냈다.

"역시, 관둘까요?"

억지로 여기까지 이야기를 끌어온 주제에, 직전에 이런 말을 들으니 고민이 되었다.

"이것저것 서둘러 해도 하루카 씨의 마음이 따라오지 못할지도 모르고."

응, 하고 끄덕이고 싶었다. 역시 무서우니까, 이대로 아무것도 하지 않는 선택을 하고 싶었다.

하지만 만의 하나의 경우, 이 기세를 살리지 못하면 앞으론 이렇게 대담한 행동을 하지 못할지도 모른다는 것도 알고 있었다. 오늘은 그냥 넘어간다고 해도, 유우키는 자신에 대해서 조금 자제하려 들지도 몰랐고, 그렇게 된다면 자신의 용기는 더욱 시들어 버릴 것이었다. 그 상황에서는 애인끼리의 아슬아슬한 접촉 따위, 언제가 되어 버릴지 감도 잡히지 않았다.

'이상한 짓이, 아니야.'

노력하기로 했다. 애인끼리 무엇을 할지, 가르쳐 주는 것은 유우키밖에 없었다. 심한 짓을 하지 않을 거라고 믿는 상대에게, 모든 것을 맡겨 보자고 생각했다.

"……안 관둬."

"괜찮아요?"

목소리를 내면 긴장 때문에 목소리가 뒤집어질 것 같아서, 하루카는 강하게 고개를 끄덕이는 걸로 동의를 표시했다.

무리하고 있는 것은 아닐까, 무서워하고 있는 것은 아닐까. 탐색하듯 하루카의 표정을 보고 있던 유우키도 납득해 준 것인지, '침대 위에 누워 주세요'라고 말했다.

어색한 움직임으로 침대에 올라간 하루카는 그대로 정좌하고 유우키를 올려다보았다.

"잠옷 아래쪽, 내려 주세요."

"여, 여기서?"

"그걸 만지지 않으면 안 되잖아요. 속옷도 내려 주시지 않으면."

"그거……."

유우키의 입에서 남성의 그것을 지칭하는 말이 나오자 생소한 나머지 하루카는 완전히 굳어버리고 말았다.

'바, 방법만 배우는 게…… 될까.'

자신의 몸을 타인에게 보여주는 것은 맹렬한 수치심과 강한 공포감을 기억나게 했다. 자위라고 하는 것이 성기를 자극하는 행위라는 것은 어찌어찌 알고 있기 때문에 그 하는 방법만 배우는 것도 가능하지 않을까 하고 매달리는 듯한 마음으로 생각했다.

"저기, 유우키."

"……괜찮아, 제대로 가르쳐 드릴 테니까요."

하루카 자신이 맨 처음 도망칠 길을 스스로 막아버린 단계에서, 유우키도 발을 뺄 생각은 없어진 모양이었다. 자신이 초래한 일이라, 이 이상 하루카도 물러서는 듯한 말을 하고 싶지 않았다.

"……."

여기엔, 유우키밖에 없다. 다른 누구도 아닌, 좋아하는 상대에게 몸을 보여주는 것이라면…… 부끄럽지 않다.

하루카는 정좌하고 있던 다리를 조금 풀었다. 힐끔 유우키를 보고 그의 표정에 변화가 없는 것을 확인한 뒤, 이번에는 잠옷 바지에 손을 댔다.

거기까지 하고, 하루카는 가볍게 머리를 흔들었다. 이런

식으로 조심조심 움직이니까 무서운 거다. 목욕탕에 들어
간다고 생각하면 된다고 마음을 정하고, 하루카는 속옷째
바지를 무릎 아래까지 한 번에 끌어내렸다.

"……다음에, 어떻게 해?"

고개 숙인 시야 안에, 무릎을 맞댄 넓적다리 사이로 남성
의 그것이 보이고 있었다. 너무 외출을 안 해서 살결은 새
하얗고, 그 탓에 성장이 느린 것인지 치모도 미안할 정도로
나지 않았다.

사람의 성기를 대놓고 본 적이 없어서 자신의 것이 보통
인지 어떤지도 몰랐지만, 어릴 때부터 그다지 모양이 변하
지 않은 그것은, 분명히 작은 편일 거라고 생각하고 있었
다.

"……웃."

갑자기 끼익 하고 소리를 내며 침대 가장자리에 유우키
가 걸터앉았다. 반사적으로 무릎을 모아서 보이지는 않았
겠지만 유우키의 시선이 어디를 향하고 있을지 생각하는
것만으로도 머리가 빙빙 돌아버릴 것 같았다.

"양손으로 만져 봐요."

"야, 양손으로?"

"형태를 확인하듯이, 가만히 손을 움직여 보세요."

무릎을 모으고 있기 때문에 위에서는 손이 들어가지 않

았다. 하지만 그 밑으로 손을 넣는 것은 어려운 자세였다. 할 수 없이 하루카는 무릎을 벌리고 가만히 손을 넣었다.

화장실이나 목욕탕 등에서 무의식적으로 닿는 것과는 다른, 밝은 방 안에서, 침대 위에서 만지는 그것은, 놀랍게도 처음 알 수 있을 만큼 심을 가지고 있었다.

"……단단해."

멍하니 중얼거리자 어느 새엔가 몸을 내밀고 있던 유우키가 귓가에 속삭였다.

"느끼고 있다는 증거에요."

"느끼고……."

"자, 문질러 봐요."

귀를 간질이는 달콤한 목소리에는 관능의 색이 짙었다. 하루카는 열에 붕 뜬 것처럼 들은 대로 자신의 것을 문질렀다. 기교 따위 없이, 단지 손끝을 마찰시키는 것뿐으로, 무서울 정도로 급격하게 하루카의 그것은 분명하게 머리를 치켜들었다.

"응……웃, 훗."

꾹 닫고 있었을 입에서, 자신이 내고 있다고는 생각지도 못한 높은 소리가 새기 시작했다.

'무, 서워…….'

몸이 뜨거워져서 뭉게뭉게 의식이 흐릿해져 갔다. 변해

가는 자신이 무서워서 견딜 수 없는데, 한편 손은 멈출 기색도 없이, 더욱 움직임을 격하게 했다.

"움푹 파인 거기, 손끝으로 느껴 봐요."

움푹 파인 거기, 라니. 어디를 말하는 걸까. 생각하고 있는 동안 손끝이 그것의 앞부분을 문질렀다. 그 순간 흠칫흠칫 거리는 자극이 등을 내달려, 하루카는 느껴본 적 없는 자극에 눈물이 배어나왔다.

이런 것은 처음이라, 어떻게 하면 좋을지 모르겠다. 살려줄 수 있는 사람은 유일하게, 곁에 있는 유우키뿐이었다.

"유우, 키…… 큭."

반쯤 울고 있는 목소리로 이름을 부르자, 가만히 뺨을 한 손으로 감싸온다. 지금 상황에서, 맨손이 이러쿵저러쿵 말하고 있을 수가 없었다. 어쨌든 어떻게든 해 주었으면 하는 마음에 그 손에 자신이 뺨을 갖다 대자, 미묘하게 기쁜 듯한 목소리로 유우키가 말했다.

"……제가 만져도 되겠어요?"

"안…… 돼에."

"그럼, 스스로 좋은 곳을 찾아봐요."

"모, 못해…… 웃."

이런 곳을 유우키에게 만져지고 싶지 않았다. 만져진다면, 분명히 부끄러워서 기절해 버릴 거다. 하지만, 자신으로서는 도대체 어떻게 손을 움직여야 할지 몰라서, 끓어오르는 열기가 꽉 막혀 있는 듯한 느낌에 하루카는 점점 양손으로 꾸욱 그것을 움켜쥐어 버렸다.

"하루카 씨, 그러면 끝나지 않아요."

"흐앗?"

갑자기 커다란 손이 자신의 손에 겹쳐졌다. 필연적으로 그곳에도 손이 닿아 버려, 문자 그대로 하루카는 충격으로 튀어 올랐다.

"유, 유우키, 읏, 노, 놓아……!"

"저에게 맞추세요."

하루카의 목소리가 들리지 않을 리가 없을 텐데, 유우키는 손을 풀어주지 않았다. 그뿐인가, 하루카의 손에 가려지지 않았던 그곳의 선단에 손가락을 미끄러뜨리더니, 손톱 끝으로 가볍게 긁듯이 자극해 왔다.

"으앗!"

'뭐, 뭐야?'

그 순간 뭉쳐 있던 열기가 눈 깜짝할 새에 해방되어, 하루카는 자신의 손과 유우키의 손에 뿌려놓은 정액으로 하얗게 더럽혀지고 말았다.

"하아, 하아, 하아."

'이것, 이……'

자는 동안 배출되어 왔던 몽정과는 달리, 명백한 자신의 의지로 사정했다. 그것은 상상 이상으로 기분 좋고, 그리고— 부끄러운 것이었다.

완전히 몸에서 힘이 빠져나가 버린 하루카는 그대로 침대 위에 옆으로 쓰러져 한 손으로 눈을 가렸다. 분명히, 지금 자신은 엄청나게 이상한 얼굴을 하고 있을 거다. 사실은 엎드려서 얼굴도 하반신도 숨기고 싶었지만, 지금은 그런 체력도 남아 있지 않았다.

"화장실 빌릴게요."

그런 하루카를 위로하듯 머리를 한번 쓰다듬어주고, 유우키가 침대에서 일어섰다. 대체 무엇을 하려는 것인지, 귀만으로 기척을 쫓아가자, 틈도 없이 물이 흐르는 소리가 들려왔다.

이윽고, 다시 다가오는 기척이 났다.

"만지긴 해도, 씻겨 주는 것뿐이니까."

"……웃."

놀라게 하지 않으려는 것인지, 먼저 한마디 하나 싶더니 다리에 따뜻하게 젖은 것이 눌러져 왔다. 반사적으로 몸을 떨며 하체를 보자, 유우키가 타올로 자신이 더럽혀 놓은 것을 닦아주고 있는 것이 보였다.

"돼, 됐어……."

자신이 토해놓은 것을 유우키에게 뒷정리시킬 수는 없다고 안절부절못하고 있는데, 그는 '하게 해주세요'라며 손을 움직이며 말했다.

"제가 하고 싶어요."

"유우키……."

"하루카 씨가 기분 좋아져서 다행이다."

정말로 안도한 듯한 목소리. 그제야 겨우 유우키가 하루카가 끌어안고 있는 트라우마를 신경 쓰고 있구나 하고 알아챘다.

'너무 서두른다고…… 말하고 싶었는데…….'

남자에게 추행당해 그 이후로 결벽증이 된 하루카. 그 후로 줄곧 타인과 맨살로 접촉하는 것을 피해 왔었는데 이렇게 급격한 스킨십을 허락하게 되어 버렸다. 유우키는 그 탓에 겨우 좋아지고 있던 병이 악화하진 않을까 걱정해 준 것이었다.

이렇게나 사랑스러워하는 마음을 담은 눈에 담기면서 공포를 느낄 리가 없다.

경험한 적 없는 쾌락을 받아들이고 있으면서, 전개가 빠르다고 불만을 말하는 것도 불가능했다.

"오늘은 여기까지 해요. 이다음은 또 천천히 가르쳐 드릴 테니까."

아직 괜찮으니까, 하고 반박하려 했지만 그 말을 들은 자신의 가슴이 어딘가 기대로 떨린 것 같은 느낌이 들어, 하루카는 시트를 꼬옥 쥐었다.

어젯밤의 일은 아마 섹스라고는 말할 수 없을 정도의 접촉이었다고 생각했다. 어디까지나 자위를 가르쳐 준다고 말하며 했던 일이었다.

돌아간 유우키는 꽤나 하루카를 걱정해 주고 있었다. 너무 서두른 걸지도 모르겠다고, 참지 못했던 자신을 반성하고 있었다.

하지만 그것이 유우키의 탓만 있는 것은 아니었다. 다소 휩쓸린 감도 없지 않지만, 하루카도 분명히 바라던 결말이었다. 그래도 혼자서 흐트러졌던 자신을 돌아보자니, 다음 날 어떤 얼굴을 하고 유우키와 만나면 좋을까를 알 수 없었다.

하지만—

"안녕하세요, 하루카 씨."

언제나의 버스 정류장에서 내린 유우키는 평소와 다르지 않아서, 단단히 준비하고 있던 하루카는 맥이 빠져버릴 정도였다.

"하루카 씨?"

바로 대답하지 않은 탓인지 거꾸로 걱정하듯 들여다보는 시선을 받아버려, 얼굴에 열이 오르는 기분으로 작게 대답했다.

"안, 녕."

'그, 그 정도에 동요하는 쪽이 이상한 걸까.'

하루카에게 있어서 충격적인 경험이었지만 자위는 보통 남자라면 누구라도 하는 일이다. 그걸 하는 방법을 가르쳐 준 것이 애인인 경우는 웬만해서는 없겠지만, 신경 쓰이는 기색을 보여 버리면 유우키가 책임을 무겁게 느껴버릴지도 몰랐다.

"하루카 씨."

"어? 왜, 왜에?"

갑자기 이름이 불려서 조금 목소리가 뒤집혔다.

"……몸, 불편하진 않으세요?"

설마, 그런 걸 물어봐 올 거라고는 생각지 못해서, 하루카는 무심결에 숨을 들이켰다.

"아마, 엄청 혼란스러워하고 계실 거라고 생각은 하는데……."

"그, 그게."

"게다가, 화내고 있어요?"

"화, 화 안 내."

단지 놀라서, 부끄러워서. 꼴사나웠을 자신을 본 유우키가 어떻게 생각하고 있을지 불안해서 견딜 수가 없었을 뿐이었다.

그러자 머리 위에서 커다랗게 한숨을 내쉬는 기척이 났다. 살짝 눈을 들어 보자, 유우키가 명백하게 안도하는 모양으로 웃고 있었다.

"다행이다. 제가 싫어졌다고 하면 어쩌나 생각하고 있었어요."

"……싫어질 리가, 없잖아? 단지 놀라서…… 나는, 그런 거, 처음이었으니까……."

이 나이 먹고 자랑할 일은 아니지만 유우키에게는 분명하게 자신의 마음을 전달하고 싶었다.

"조금만, 천천히 해 주면…… 좋을 거 같아."

"알겠습니다."

"……정말로?"

"네에, 하지만 조금씩 익숙해져 주세요. 하루카 씨의 색기 있는 얼굴을 봐 버려서, 그다지 많이 참을 수는 없을 것 같네요."

"유우키."

이런 곳에서 무슨 소리를 하는 거냐고 안절부절못했지만, 다행히 주변에 사람은 없었다. 다행이다 하고 안도의

숨을 내쉰 하루카의 모습을 눈을 가늘게 뜨고 보고 있던 유우키가,

"하루카 씨."

이름을 부르며, 손을 뻗어 왔다.

어제, 자신의 그것을 만졌던 손이다. 그렇게 생각하자, 좀처럼 그것을 잡을 수가 없었다. 그래도 참을성 있게 기다려 주는 유우키의 눈빛이 불안한 빛을 담고 있다는 것을 깨닫자, 손을 뻗지 않는다는 선택을 할 수 없게 되었다.

멈칫멈칫 뻗은 손을, 유우키는 꽈악 쥐었다.

'내가, 익숙해지지 않으면……'

장갑 너머로 전해지는 유우키의 손이 가진 온기에, 하루카는 남몰래 결심했다.

유우키와 친밀하게 되어 가는 과정에서, 하루카는 다른 사람과도 마찬가지로 접촉할 수 있을까 하고 생각하기 시작했다.

애인인 유우키에게 하듯이 키스 같은 건 하지 않을 테고, 아주 평범한 커뮤니케이션이라면 가능할 것 같은 기분이 들었다.

하지만 도서관에서 컴퓨터를 향해 있는 사카이의 어깨를 두드리려고 손을 뻗던 도중, 온몸에 한기가 돌아 무심결에 뒤로 물러서고 말았다.

"시라이시?"

아무래도 결벽증이 완화된 상대는 유우키 한정인 모양이었다. 거친 치료가 효과를 보았던 것이 아니었나 하는 복잡한 기분이 들었지만, 마음 어딘가에서는 이런 상태를 수긍하는 자신도 있었다. 역시 유우키는 특별한 사람이었던 것이다.

"아, 아무것도 아니에요."

이만큼이나 친하게 지내주고 있는 사카이와 거리가 있는 채인 것은 쓸쓸하지만, 누구라도 괜찮은 것이 아니라는 것에는 반대로 안도했다.

"나도, 아직 멀었네."

돌아가는 길, 유우키에게 그렇게 말한 하루카는 돌아오지 않는 대답에 옆으로 시선을 돌렸다.

"유우키?"

하루카와 있을 때는 언제나 다정한 표정으로 있던 유우키가, 어쩐지 지금은 조금 불편해 보였다. 바로 전까지는 평범하게 대화를 하고 있었는데 하고 생각하고 있는데, 겨우 유우키가 입을 열었다.

"무리하게 그런 걸 확인하려 하지 않아도 괜찮지 않나요?"

"그래도, 병이 조금은 좋아졌는지 어쩐지, 신경 쓰여서 어쩔 수가 없어."

그렇게 말하자, 유우키는 또다시 침묵했다.

"왜 그래?"

"……질투하고 있어요."

"어?"

"하루카 씨가 사카이 씨를 신경 쓰니까."

"에엑?"

설마, 그런 식으로 받아들일 거라고는 생각지도 못해서, 하루카는 소리 내어 놀라고 말했다.

사카이와의 관계는 유우키에게도 잘 얘기해 놓아서 특별한 감정이 없다는 것은 알고 있을 터였다. 그런데도 어깨에 닿을지 말지 하는 사소한 걸로 질투를 하다니—

'우왓.'

얼굴이 뜨거워져서, 하루카는 당황해 뺨을 눌렀다. 이렇게 추운 밤인데, 몸은 마치 온천에라도 들어가 있는 것처럼 뜨거웠다.

질투 당하는 것이 이렇게나 행복한 것이라고 생각할 수 있다는 건, 지금, 처음 알았다.

"……유우키."

하루카는 붙잡은 손에 힘을 주었다.

"저, 저기."

"……."

"저기…… 연습, 도와줘."

"네?"

"그, 스스로 하는 거, 아직, 익숙하지 않은데."

'나, 무슨 소릴 하고 있는 거야.'

어젯밤의 일은 하루카 안에서는 허용치를 까마득하게 오버한 것이라, 부끄럽고 또 부끄러워서 견딜 수가 없는 행위였다.

그런데도 무심결에 입에서 튀어나와 버린 말은, 믿을 수 없을 만큼 명백한 유혹의 문구였다. 자신에게 있어서 유우키가 얼마나 특별한 존재인가를 전달하고 싶었는데, 이걸로는 야한 녀석이라고 질려버릴지도 몰랐다.

"기꺼이."

하지만 놀란 얼굴이 된 것은 한순간으로, 유우키는 금방 힘주어 긍정의 말을 돌려주었다. 너무나도 기쁜 듯한 그 말에, 하루카는 취소라고 말하고 싶어지는 것을 필사적으로 참았다.

그로부터 유우키는 귀가할 때마다 매일 하루카의 맨션에 들르게 되었다. 버스에 타고 있을 수 있는 거리가 조금씩이지만 늘고 있어서 같이 있을 수 있는 시간도 꽤 늘었다.

그렇다고 해서 매일 야한 짓만 하고 있는 것은 아니었다. 분명히 몸이 닿는 빈도는 많지 않았지만 하루카는 유우키와 닿을 수 있다는 것이 기뻤고, 유우키도 하루카의 페이스에 맞춰 그 이상 속도를 빨리 진행하거나 하지는 않았다.

"하루카 씨."

방 안에는 두 사람뿐. 지금은 유우키의 목소리 상태로 그가 자신에게 무언가를 부탁하려 한다는 것을 느낄 수 있을 정도가 되었다.

지금 목소리는 하루카가 좋아하는 달콤한 목소리였다. 키스하고 싶어 할 때의 목소리에, 하루카는 부끄러움을 누르며 가볍게 입술에 키스했다.

"으응."

하지만, 바로 떨어지려 한 몸은 단단히 구속당하고, 겹쳐진 입술 틈으로 혀가 밀려 들어왔다. 겨우 숨을 잇는 것이 가능하게 되었지만, 아직 자신이 먼저 혀를 핥지는 못했다.

안쪽에 숨어버리는 하루카의 혀를, 유우키는 몇 번이고 자신의 것으로 핥아 올리고, 강하게 빨아들였다. 등줄기가 움찔움찔했지만, 그것은 무섭기 때문이 아니었다.

"……흣."

키스에 만족한 유우키가 입술을 해방시켜 주자 하루카는 풀썩 그 가슴에 얼굴을 묻었다. 하루카는 좋아하는 유우키의 냄새를 빨아들이며 기분을 진정시켰다.

"하루카 씨."

"……왜?"

자세를 바꾸지 않은 채 물어보자 가만히 팔을 잡아 몸을 떨어뜨렸다. 정면에서 유우키와 시선이 맞았다.

"오늘은, 조금 더 진행해 봐도 될까요?"

그것이 무엇을 의미하는지 모른다고는 말할 수 없었다. 하루카는 동요를 숨기려고만 하고, 어떻게든 고개를 끄덕였다.

"……조금, 만이야."

유우키에게 배운 자위는, 어떻게든 자신의 손으로 할 수 있게 되었다. 다소 어색한 느낌은 남아 있지만 봐 주는 유우키는 이제 잘하게 되었다며 칭찬해 주었다.

그러자, 하루카 안에도 호기심과 욕심이 끓어올랐다.

"뭘 할 건데?"

"각자 서로 걸, 기분 좋게 해 줘 보지 않을래요?"

"서로 거…… 내가 유우키 걸 만지는 거야?"

지금까지 하루카는 유우키의 앞에서 하반신을 노출했지만, 그건 배우기 위한 것이었다. 되돌아 생각해 보면 유우키는 전혀 옷을 흐트러뜨리지 않았다. 불공평하다고는 생각지 못하고 그것이 보통이라고 머릿속에 입력되어 있던 하루카는 유우키도 자신과 같은 모습을 하는 걸까 생각한 순간, 손 쓸 도리도 없이 허둥지둥 대고 말았다.

장신에, 하루카보다 단단하게 잘 짜인 몸의 유우키. 그 나신이라니, 지금까지 상상도 못했었는데 갑자기 눈앞에 들이밀어져도…… 곤란하다.

"무서우신가요?"

하루카의 침묵을 그 쪽으로 받아들인 유우키의 말에 바로 고개를 옆으로 저은 것은 무의식적인 것이었다.

"그럼…… 하고 싶지 않나요?"

그것도, 아니다.

어느 쪽인지 말하자면, 자신이 없다는 방향이 좋을지도 모르겠다.

하루카의 몸은 지금은 유우키가 만지는 것만으로도 체온이 올라서, 가만히 있을 수 없게 되어서, 실제로 그곳을 만져오면 참을 틈도 없이 기분이 좋아져 버렸다.

하지만, 기교 같은 건 없는 자신은 유우키를 만족하게 하는 것은 아무래도 힘들 것이었다.

"하루카 씨."

하루카는 눈을 감고, 잠시 갈등했다. 이런 걸 말하는 것만으로도 부끄러운 데다, 다정한 유우키는 하루카의 기분을 들으면 요구를 철회해 버릴지도 몰랐다.

그건, 싫었다.

서로 기분 좋게 되고 싶다는 마음은 매일매일 부풀고 있었고, 무엇보다, 하루카는 좋아하는 사람을 만질 수 있다는, 애인으로서의 특권을 놓고 싶지 않았다.

"이, 있잖아."

생각한 것은 입으로 꺼내어 상대에게 전달한다. 그것이 아무리 스스로 부끄러운 것이라고 해도 두 사람이 엇갈리는 원인이 될 것 같으면…… 그렇게 정했었다.

"저기, 나…… 분명히, 잘 못할 거야."

안간힘을 써서 그것만 전해 놓자, 금방 유우키의 긴 팔 안에 갇혔다.

"……귀여워, 하루카 씨."

"어?"

"절 생각해 주신 거네요. 기뻐요."

"그, 그치만……."

"괜찮아요. 우리들 지금, 한참 공부하고 있는 중이었죠? 어떻게 하면 두 사람 다 기분이 좋게 될지는 지금부터 둘이서 생각해 봐요. 뭐, 저는 분명히 하루카 씨가 만져주는 것만으로 최고로 느낄 거라고 생각하지만요."

마지막 말을 장난스럽게 웃으며 덧붙여서, 하루카도 덩달아 웃고 말았다.

그렇다, 뭐든 처음인 자신은 유우키에게 배우는 것과 동시에 자신도 생각하지 않으면 안 되었다.

무서워하고 있는 것만으로는, 그 긴 통근을 도보로 다녔던 것처럼, 유우키와의 관계도 지지부진하게 나아가지 못할 게 뻔했다.

유일하게, 주저 없이 만질 수 있는 상대. 그것이, 가장 좋아하는 상대인 것이다.

'힘내자.'

하루카는 가만히 유우키의 등에 손을 돌리고, 끄덕 하고 고개를 움직였다.

"눈을 감고 있으면 아무것도 안 보일걸요?"

"그, 그래도."

'내, 내 거랑 완전 다르고.'

하루카는 불과 수십 분 전에 강하게 약속했던 의욕이 소리 내며 무너지는 소리를 듣는 것 같았다. 그래도 어쩔 수 없었다. 실제로 본 유우키의 그것은…… 엄청났다.

돌아가며 교대로 샤워를 하고, 하루카는 언제나처럼 잠옷 상의와 속옷만 입은 상태로 침대에서 유우키가 나올 것을 기다리고 있었다.

욕실에서 나온 유우키는 상반신 나체로, 아래는 청바지

를 입고 있었다. 처음 본 유우키의 상체 누드는 근육이 엄청나게 예쁘게 잡혀 있어서, 하루카는 부끄러움을 넘어 선망의 눈빛으로 뚫어져라 바라보고 있었다.

"어쩐지 쑥스러운데요."

그렇게 말하면서도 유우키는 느린 걸음으로 침대 곁까지 다가와서, 그대로 몸을 구부려 가벼운 키스를 해 줬다. 장난치는 듯한 그것에 간지러운 기분이 되어 목을 움츠리자 끽 하는 소리를 내며 유우키가 침대에 앉았다.

커다란 손이 머리카락을 쓰다듬어주며 그대로 '벗길게요'라고 말한 뒤, 하루카의 하체에서 속옷을 벗겨 냈다.

이미 유우키의 손을 기억하고 있는 하루카의 그것은 조금 일어서 있었다. 고개 숙인 시야에 그것이 보인 순간 팟하고 그것을 양손으로 가리고 말았다.

"안 돼요. 숨기지 마요."

"나, 나만, 창피하니까…… 읏."

"그럼 저도 벗을 테니까. 이걸로 서로 창피한 거죠?"

눈앞에서 유우키가 청바지의 단추를 풀고, 지퍼를 내렸다. 검은 복서 타입 속옷이 보인다 싶었는데, 그걸 조금 빗겨 내리고, 유우키는 자신의 것을 꺼내었다.

"!"

그것은, 하루카가 상상하고 있던 것과는 완전히 다른 형태를 하고 있었다.

'거짓…… 말.'

사람에게 만져지는 것이 무서워진 이래로 하루카는 아버지와 함께 목욕을 하지 않게 되었다.

초중고 모두 수학여행에 가지도 않았고, 친구들과 여행도 간 적이 없었다. 게다가 사람 눈을 피해 화장실에 가는 하루카에게 있어서는 유우키의 그것이 처음 보는 거라고 해도 좋을 어른의 그것이었다.

선 것이 아닐 텐데 그것만으로도 하루카의 것의 배 가까이 커 보였다. 선단 부분도 접힌 데다 커다랗고, 기둥도 굵었으며, 색깔은 검붉은 색이었다.

"눈을 감고 있으면 아무것도 안 보일 텐데요?"

알고는 있지만, 아무래도 직시할 수 없었다. 무섭지 않다고 생각하고 있었는데, 그것이 자신과 같은 기관이라고는 도무지 생각할 수 없어서, 승승장구하던 기분이 시들어들 것 같았다.

"……하루카 씨."

완고하게 눈을 감고 있는 하루카의 귀에 곤란한 듯한 유우키의 목소리가 닿았다. 자신의 태도가 유우키를 상처입힐지도 모른다고, 하루카는 초조해하며 머릿속으로 복잡하게 생각했다.

어떻게 하면 그것을 만질 수 있을까. 유우키를 기분 좋게 해 주기 위해서는 만지지 않으면 안 되겠지만, 도무지 바로 만질 용기가 지금은 나지 않았다.

"앗."

하루카는 핫 하고 침대에서 내려와서, 급하게 부엌을 향했다. 그리고 눈에 들어오는 것을 움켜쥐고 당황한 듯이 자신을 보고 있는 유우키에게 그것을 내밀었다.

"미, 미안. 유우키의 그거, 내 거랑 전혀 달라서 무서워서. 처음만, 처음만이라도 좋으니까, 이거 끼워도 돼?"

"이거라면…… 랩을, 말인가요?"

"으, 응."

직접 만지는 것은 무리지만, 처음 키스했을 때 랩을 썼던 것처럼, 한 장 얇은 막을 두른다면 공포심도 꽤 줄어들 것이었다.

"……"

유우키는 금방 대답을 해 주지 않았다. 역시 그곳에 랩을 두르고 만진다는 것은 생각도 못 해 봤던 모양이다.

직접 만질 수는 없다, 더러운 거라고 말하는 것이나 다름 없어서, 하루카는 자신은 좋은 아이디어라고 생각하고 있었을 행위가 유우키를 모욕하고 있는 거라는 걸 깨닫고, 바로 머리를 숙였다.

"미, 미안해, 나."

유우키는 주저 없이 하루카의 그것을 만져 주었는데, 자신은 그걸 할 수 없다니, 얼마나 이기적인 것일까. 유우키가 화를 내도 어쩔 수 없다고 각오했는데, 일어서 있는 하루카의 팔을 부드럽게 잡아왔다.

"사과하지 마세요."

"유우…….."

"자신의 것이 어떤지 그다지 신경 써 본 일도 없었지만, 하루카 씨가 다른 사람의 것을 보는 게 처음이었다는 걸 조금 더 신경 썼어야 했네요. 그거, 좋은 아이디어예요. 저는 상관없어요."

하루카의 손에서 랩을 건네받고, 유우키는 그것을 적당한 길이로 잘랐다.

"하루카 씨가 만져줬으면 하니까…… 랩 너머로 해도 기뻐요."

자신의 그것에 랩을 감은 유우키가 웃으며 그렇게 말해주었다. 싫을 수밖에 없을 텐데, 언제나 하루카의 마음을 우선시해주는 유우키의 다정함이 기뻐서, 가슴이 아팠다.

하루카는 이번에야말로 주저 없이 손을 뻗었다. 랩의 감촉 너머로, 남성의 그것이 덜컹 맥박치는 것을 알 수 있었다.

'제대로, 기분 좋게 해 주고 싶어.'

하루카는 가만히 손을 움직여 보았다. 금세 손안의 것이 딱딱해졌다.

어떻게 손을 움직이면 되는지 탐색하며 하고 있어서 아무래도 움직임은 느릿한 것이, 어색해졌다. 그래도 유우키는,

"엄청, 기분 좋아."

그렇게 말하며 정말로 쾌감을 견디는 듯 미간에 주름을 지었다.

"저, 정말?"

단지 기둥 부분을 문지르는 것뿐이라, 자신이 생각해도 그걸로 괜찮은 걸까 싶은 움직임에, 그런 반응이 돌아오는 것만으로도 기뻐졌다.

'제대로 만져 주면…….'

직접 만진다면 유우키의 기분은 더욱 좋아질까.

"……앗."

그때 유우키의 손이 하루카의 것에 뻗어왔다. 유우키를 느끼게 하는 것에 정신없어 무방비 상태가 되어 있던 그곳은 손쉽게 사로잡혀 지금까지 알아버렸던 쾌락의 포인트를 공들여 만져졌다.

"흐앗, 하웃, 으응."

손에 여유가 없어서 목소리를 누를 수가 없었다. 자기 자신의 목소리에도 부추겨져, 하루카의 몸은 금방 쾌락의 정점을 향했다.

"같이⋯⋯ 웃."

"으응."

귓가에 속삭여진 순간 하루카는 허리를 흔들며 유우키의 손안에 정을 토해놓고 있었다. 그 바로 뒤에, 음란하게 눌러 죽인 신음과 함께 하루카의 손도 눅진한 온기가 퍼졌다.

"아⋯⋯."

랩을 감고 있던 탓에 하루카의 손은 더럽혀지지 않았다. 하지만 그것이 너무나도 쓸쓸하게 생각되었다.

"동시였네요."

"⋯⋯응."

'그래도, 이대로는⋯⋯.'

하얗게 더럽혀져 버린 랩을 내려다보며, 하루카는 막연하게 생각하고 있었다.

여덟 걸음
꽈악 겹치는 몸

서로가 서로를 애무하는 것을 배운 하루카였지만 조금 불만이 있었다.

처음에 무서워하는 모습을 보인 탓인지, 유우키가 좀처럼 직접 그것을 만지게 해 주지 않았기 때문이다.

물론 랩 위로라면 만지게 해 준다. 반대로 그 맥동을 직접 손바닥으로 느꼈을 때, 자신이 어떻게 되어 버릴지 상상도 할 수 없었다.

하지만, 유우키는 하루카의 몸을 곧바로, 어디든 싫어하지 않고 만져주고 있는데, 자신만 도망치고 있는 것은 싫었다.

"……하아."

오늘도 언제나와 같이 얇은 막 위로 만져버리게 될 것인가. 그것을, 어떻게 말해서 멈추게 할 것인지, 계기가 떠오르지 않았다.

"스물다섯 번째."

"……어?"

"한숨 쉰 횟수. 이제 세는 것도 귀찮으니까 그 원인을 토해놓아 보시지."

카운터 안에서, 방금 전까지 조용히 서류를 보고 있었을 사카이가 고개를 들고 있었다.

"……그렇게나 한숨 쉬고 있었어요?"

"스스로는 모르는 거 아냐?"

그럴지도 모른다. 경험치가 제로인 하루카에게는 상상하는 것에도 한계가 있었다.

그래서인가, 하루카는 눈앞의 사카이를 지그시 바라보았다. 유우키는 두 사람의 일은 두 사람이 해결하자고 말해주었지만, 이것만은 역시 유우키에게 직접 물어볼 수 없었다.

"사카이 씨. 남자끼리 섹스라는 게, 어느 한쪽이 주도권을 쥐면 되는 건가요?"

"……하?"

부끄러운 것을 물어보고 있다는 자각 따위, 지금의 하루카에게는 없었다.

지금은 어쨌든 유우키를 위해 자신이 뭘 할 수 있는 것인가, 그걸 생각하는 것만으로 머리가 가득가득 들어차 있었다.

"……벌써 거기까지……."

어째서인지 사카이는 충격 받은 눈치였지만 하루카의 얼굴을 보자, 어쩔 수 없다는 듯 커다란 한숨을 내쉬었다. 그리고 조금, 머리를 가볍게 만져 왔다.

"……안 떠네."

"네, 네에. 이 정도라면……."

친밀한 접촉은 유우키 이외엔 무리였지만 친한 상대라면 약간의 접촉은 받아들일 수 있게 되었다.

"그거, 그 녀석 덕분이겠지."

"네."

"그런가……."

말을 멈춘 사카이를 가만히 바라보고 있자, 이윽고 그가 하루카의 눈앞에 손가락을 내밀었다. 그리고 마치 하루카의 모습을 본뜨듯 그것을 움직였다.

"지금까지의 너는, 얇은 막에 둘러싸여 있었어. 부드러운 주제에 단단한 그건, 누구의 침입도 허락하지 않았었을 테지. 하지만 그 안에 들어간 유일한 녀석이 나타났다. 아니, 그 녀석이니까 들어갈 수 있었을지도……. 그것이 유우키지."

익숙하지 않은 빙 둘러 말하는 화법이었지만, 어쩐지 그 말은 자연스럽게 가슴을 울렸다.

"아무것도 받아들이지 않았던 막 안의 너는, 아마 말라비틀어질 정도로 메말라 있었을 테지."

"그건……."

누구에게도 미움 받지 않도록 웃음을 보이며 필사적으로 앞으로 나아가려 했었지만, 어딘가 에서는 모든 것을 거부하는 듯 막을 두르고 있었다.

그것이 이상하다고는 전혀 생각지 못했다.

그런 하루카의 막을, 천천히, 상냥함과 애정으로 녹여준 것이 유우키였다.

"그래도 말이지, 아마 그 녀석 쪽도 너로 인해서 한 꺼풀 벗었다고 생각할 거야. 내가 들어 온 그 녀석은 누구에게나 친절하고 사교적이지만 그 대신 누구에게도 침입하지 않는 녀석이었어. 너와 이야기하는 것만으로 나를 견제해 오는, 유치한 질투 같은 건 지금까지 느껴본 적도 없는 거 아닐까."

"유우키가?"

자신이 알고 있는 유우키와는 완전히 달랐다.

놀라는 하루카에게, 사카이는 눈을 가늘게 뜨고 웃었다.

"어리광 부려버려. 모른다면 모른다, 무서우면 무섭다, 무슨 말이든 그 녀석에게 해 버려. 그쪽이 그 녀석에게 있어서도 기쁠 테고, 너도 너무 깊이 생각하지 않고 끝나."

"……."

"네가 스무 살 미만이었다면 섹스는 아직 이르다고 심술 좀 부리겠지만, 아쉽게도 제대로 된 나이 먹은 성인이니까. 무서워도, 아파도 받아들일 작정이라면 주도권이 어느 쪽에 있느냐 같은 걸로 신경 쓸 필요 없잖아."

그렇다. 어떤 미지의 일이라도, 유우키가 상대라면 받아들여 줄 것이다. 힘낼 수 있을 것 같은 마음이 들었다.

사카이가 말한 대로, 거기까지 각오하고 있었다면 간단한 일이다.

"저…… 힘낼게요."

"그러니까, 힘내지 않아도 된다니까. 뭐, 그 녀석이 못하면 언제든 내가 실제로 가르쳐 줄 테니까."

과연 거기까지는 고개를 끄덕이지 못하고, 하루카는 당황해 고개를 옆으로 흔들었다.

"좋은 거 줄게. 그 녀석이라면 사용 방법 알고 있겠지. 인사는 확실히 받아 둘 거라고 전해 둬."

'……라니, 뭘까?'

돌아갈 때, 사카이에게 건네받은 작은 종이봉투는 가방 안에 넣었다. 전해주는 것은 집에 도착한 다음이라고 말을 들었지만, 그 내용물이 신경이 쓰여서 견딜 수가 없었다.

"무슨 일 있으세요?"

하루카의 모습에 유우키도 이상한 듯 물어왔다.

"사카이 씨가, 유우키에게 전해달라고 말한 게 있어서."

"사카이 씨가?"

싫은 예감이 들었는지, 유우키의 미간에 주름이 잡혔다. 서로 잘 맞으면서도 아닌 척 뿌리치는 형제 같은 두 사람의 모습에, 하루카는 무심결에 웃고 말았다.

"좋은 거라는데. 집에 돌아가면 같이 보자?"

"……네에."

돌아가는 길, 유우키는 내용물에 대해 이리저리 생각하고 있던 모양이었지만, 결국 생각해 내지 못하고 하루카의 맨션에 도착했다. 이미 방은 유우키의 존재를 받아들이고 있어서, 하루카는 위화감 없이 공손하게 움직이는 유우키를 바라보았다.

유우키의 앞에서는 완전히 그 용도가 없어져 버린 고무장갑은 가방 안이다. 그렇게 생각한 하루카는 사카이가 말했던 것을 생각해 내고, 가방 안에서 종이봉투를 꺼냈다.

"유우키, 열어 봐."

"네에."

낮은 테이블 위에 꺼내놓은 것은, 화장품 같은 작은 병과 장방형의 상자였다.

"……뭐야? 이거."

하루카는 전혀 알 수 없었지만, 이걸 본 순간, 유우키는 작게 혀를 찼다.

"그 인간은……."

아무래도 유우키는 이 정체를 알고 있는 모양이었다. 둘 사이에서 자신만 소외되고 있는 것 같아서 진정하고 있을 수 없던 하루카가 물어보자, 처음에는 입을 다물고 있던 유우키가 체념한 듯 말을 꺼냈다.

"……고무랑, 로션이에요."

"고무랑, 로션?"

말을 들어도 딱 와 닿는 게 없었다. 자세히 보려고 손을 뻗은 하루카였지만, 그것을 유우키는 막으며 테이블 모퉁

이로 치워버렸다.

"만지지 않아도 돼요."

"그래도⋯⋯."

"만지지 않으셨으면 좋겠어요. 저 이외의 놈이 준비해 온 것 따위⋯⋯."

엄청나게 불쾌한 말투로 말하는 유우키의 표정은 조금 무서웠다. 어째서 저런 표정을 하는 걸까 불안해지자, 하루카의 감정 변화를 민감하게 알아차린 유우키가 달래듯 손을 잡아 왔다.

"섹스할 때 쓰는 콘돔이랑, 넣을 때 미끄럽게 하는 로션이에요. 그 인간이 왜 이런 걸 하루카 씨에게 전해달라고 했는지는 모르겠지만⋯⋯ 제대로 민폐네요."

유우키의 설명을 들은 순간, 하루카는 순식간에 얼굴이 새빨개졌다.

낮에 그런 상담을 해 버린 하루카가 용기를 낼 수 있도록 일부러 부끄러운 마음을 누르고 사다 준 것이었다.

사카이가 마음 써 준 것을 아는 하루카와 달리, 갑자기 이런 것을 전해 받은 유우키는 당황했겠지. 게다가, '자신 이외의' 라고 말한 것은, 분명히 질투하고 있어서다.

두 사람의 애정을 느끼며, 하루카는 기쁨과 동시에 용기를 받은 기분이 되었다. 괜찮아, 하루카가 자신의 불안을 내보여도, 분명 유우키는 그것을 받아들여 두 사람이 해결하자고 해 줄 거다.

"……유, 유우키."

사카이에게 불평을 하려는 건지, 휴대폰을 손에 들고 있던 유우키가 하루카의 목소리에 이쪽을 바라보아 주었다.

"나…… 유우키를 제대로 만지고 싶어."

"하루카 씨……."

유우키가 놀라고 있는 것은 알고 있었지만 하루카는 말을 멈추지 않았다.

"유우키의, 그, 그거…… 내 거랑 너무 달라서 조금 무섭지만…… 그래도, 언제까지나 랩 위로 만지고 싶지 않아. 제대로, 유우키를 기분 좋게 해 주고 싶어."

테이블 위로 몸을 들이 내미는 것처럼 하루카는 지금 자신의 마음을 부딪쳤다. 유우키가 어떤 대답을 할지 불안함은 있었지만 그래도 지금 제대로 전달할 수 있다는 것에 안도했다.

오해만은 하지 않았으면 했다. 하루카는 제대로 유우키가 좋았고, 도망치고 싶은 게 아니었다.

"……정말로?"

잠시 후, 유우키가 그렇게 말했다.

"한번 허락해 버리면, 저 하루카 씨를 정신없이 탐할지도 몰라요? 당신이 무섭다고 울어도, 아마 멈추지 못할 거예요. 랩은 제 폭주를 막는 최후의 수단인데……."

탐한다—그런 말을 들은 것은 처음이었다. 가슴이 두근두근 했지만, 무섭지, 않았다.

그것보다도 유우키가 하루카를 소중하게 다뤄주고 있는 것에 애간장이 탔다. 애인이라는 것은 대등한 위치였다.

하루카의 과거를 들은 이후 한층 더 신경을 써 주게 된 유우키의 다정함은 너무나도 기쁘지만, 언제까지고 막에 에워싸여 바깥 세계와 접촉하지 않는다면 자신은 말라버릴 것이다. 유우키를 만진다고 해서 자신이 더럽혀질 리도 없었다.

"무서워도, 아파도 받아들일 작정이라면 주도권이 어느 쪽에 있느냐 같은 걸로 신경 쓸 필요 없잖아."

"가, 같이, 폭주하자."

"예?"

"나는, 유우키의 폭주를 막지 않을 테니까. 유우키도…… 나를 멈추지 않아도 돼."

하루카는 그대로 자신이 먼저 유우키에게 키스했다. 지금까지는 받아들이는 것은 해도, 스스로 원하고 있다는 것

을 보이지 못했지만, 하루카도 이렇게 유우키에게 키스를
하고 싶었다.

십이 년의 막이, 몇 개월에 걸쳐 녹아버렸다.

어처구니없다는 말을 들을지도 몰랐다. 하지만 하루카
에게는 십이 년이나 기다려 겨우 원래의 자신으로 돌아온
것 같은 기분이 들었다.

"울어도 몰라요."

거듭 그렇게 말하는 유우키에게, 하루카는 고개를 끄덕
였다. 두려워하고 있는 것은 유우키도 같았다.

"울면, 눈물을 닦아주면 돼."

그렇게 된다면 분명, 이번에는 웃으며 좋아하는 사람을
바라볼 수 있을 것이다.

서로의 것을 애무하는 것은 몇 번인가 했었다.

유우키의 누드에 익숙해지는 것은 아직 완전하지는 않았
지만, 그래도 눈을 피하지 않고 눈앞의 아름다운 나신을 바
라보았다.

오늘은 아래뿐만이 아니라 전부를 유우키에게 보여주는
것이다. 어떤 식으로 생각될지 불안과 수치심에 조금 떨렸
지만, 천천히 가슴의 단추에 손을 댔다.

"제가 하게 해 주세요."

"······나도 할 수 있는데?"

"하고 싶어요."

조금 생각했지만, 하루카는 손을 아래로 내렸다. 지금, 여기서 도망치지 않는 것만으로도 한계라, 사실 떨리는 손 끝으로 단추를 제대로 풀 수 있을지 자신이 없었다.

익숙한 손길로, 유우키는 민첩하게 단추를 풀어 주었다. 섬세한 손끝을 바라보며 문득 그는 지금까지 몇 명이나 되는 사람의 옷을 벗겨 온 걸까 생각해 버리고 말았다. 인기 있는 유우키가 지금까지 아무와도 사귀지 않았다고는 생각할 수 없었다. 오히려 지금까지의 유치한 장난질 속에서도 그가 잘한다는 것은 느끼고 있었다.

하지만 이런 식으로 유우키의 과거를 신경 쓴 것은 지금이 처음이었다. 어쩌면 이것이 질투라고 하는 감정일까.

"있잖아."

모든 단추를 풀기 전에 유우키가 손을 멈춘 그때, 하루카는 지금 자신이 막 생각해 낸 감정을 입에 담았다.

"나, 질투하고 있나 봐."

"네?"

"유우키가 지금까지 어떤 사람과 사귀었었을까 생각했더니 기분이 나빠져 버렸거든. 인기 있다는 거, 알고 있는데도······."

하루카가 처음 좋아하게 된 게 유우키인 것처럼, 유우키에게 있어서도 자신이 첫 애인이었더라면 좋았을 걸 하고 생각해도 어쩔 수 없다는 것을 생각해 버렸던 것이다.

이런 걸 말한다는 것이 또, 연애 초심자인 걸지도 모르지만, 자신이 얼마나 유우키를 제대로 좋아하는지 이 감정을 알아준다면 더욱 이해받을 수 있지 않을까 생각했다.

힐끔 유우키의 얼굴을 보자 어처구니없어 하고 있을지도 모른다고 생각한 그의 얼굴은, 놀란 것 이상으로 기쁜 듯 만개해 있었다. 그리고 다음 순간에는 팔이 당겨져 끌어안겨 있었다.

"기뻐요."

"싫지 않아?"

"질투해 준다는 건 그만큼 제가 좋다는 말이죠? 더, 더 질투해도 상관없어요."

"……이상해."

"괜찮아요, 그게 제 마음이니까."

그렇게 말하며 유우키는 아주 자연스러운 움직임으로 하루카의 몸을 침대 위에 쓰러뜨렸다.

"그러니까 제가 질투하는 것도 조금 용서해 주세요."

어리광부리듯 하는 말에 하루카는 대답 대신 유우키의 머리를 끌어안았다. 자신과 같은 샴푸 냄새가 코끝을 간지럽혀, 다시 두근거림이 커져 갔다.

"천천히 할 테니까, 무서우면 참지 말고 말해요."

긴장해서 목소리가 나오지 않을 것 같아서, 하루카는 끄덕 하고 고개를 끄덕여 보였다. 유우키는 그대로 남은 잠옷 단추를 풀더니, 가볍게 허리를 안아 들듯 해서 상의를 벗겼다.

"너, 너무 보지는 마."

같은 남자로서 부끄러울 정도로 빈약한 몸을 내보이는 것만으로도 용기가 필요했다. 그래도 상대가 좋아하는 사람이니까 참을 수 있었다. 살짝 몸을 말고 싶어 옆으로 돌려던 하루카였지만 유우키는 그 마음을 간파하고 목덜미에 얼굴을 묻어왔다.

"그래도, 보고 싶어."

"저, 저기이."

"너무나 좋아하는 하루카 씨의 몸이니까."

치사한 화법이었다. 그런 식으로 말하면 저항을 할 수가 없어진다.

얌전해진 하루카의 귓가에 가볍게 입술이 닿았다. 키스는, 괜찮았다. 얼굴이 가까이 다가와도 이번에는 자기 쪽이 먼저 유우키를 받아들여 주듯 가볍게 입술을 열었다.

금방 겹쳐지고, 이어 들어온 혀를 어떻게 자신의 것으로 핥았다. 배운 대로 사이사이 숨은 쉬었지만, 오늘 유우키의 키스는 농밀해서, 어떻게 해도 숨이 찼다. 괴로워서 얼굴을 피하자 그 입술은 목덜미부터 가슴까지 내려와 버렸다.

움찔 하고 작은 자극에 시선을 주자, 세상에, 유우키의 입술이 유두를 빨고 있었다.

"아, 아냐."

설마 그런 일을 당할 거라고는 생각지도 못해서 필사적으로 유우키의 머리를 치우려 하자, 그는 한 손을 뻗어 유우키의 저항을 막아 버렸다.

"아니라니?"

가슴께에 입을 댄 체 말하는 탓에 숨결이 닿아 간지러웠다.

"나, 나는, 여자가 아닌데에."

"그건 알고 있어요. 제대로, 확인도 했고."

그렇게 말하며 또 다른 손이 속옷 위로 그것을 주물러 댔다. 강한 자극은 아닌데 어처구니없이 반응해 버리는 자신에게 현기증이 일었다.

"그럼 그런 곳 핥지 마앗."

"하루카 씨, 남자도 가슴은 느낀다구요."

"거짓말."

"정말. 하나도 이상한 일 아니에요. 그러니까 느끼면 참지 말고 소리 내 주세요."

"……읏."

'무, 무리야.'

남자가 가슴을 핥아져서 신음한다니, 역시나 이상하다. 그렇게 생각하는데, 다음 순간 이를 세워 젖 물듯 살살 깨무는 바람에,

"아읏."

참으려 했던 목소리가 새고 말았다.

그렇게 되어 버리자, 입술을 막고 있기 어려워져서 하루카는 유우키가 유두를 핥든 빨든 할 때마다 귀를 덮어버리고 싶을 정도로 달콤한 소리를 질렀다.

믿을 수 없는 일이었지만 단지 장식이라고 생각하고 있었던 유두는 자극당하면 솟아오르고, 무엇보다…… 기분 좋았다.

'거짓말, 같아.'

첫 섹스는 모든 것이 처음 경험하는 것들뿐이라, 예상할 수 없는 것들로 가득했다. 남자라도 유두로 느낄 수 있다는 것 따위, 유우키에게 안기지 않았더라면 알 수 없었을 것이었다.

"앗."

하루카의 의식이 가슴으로 가고 있는 동안 유우키의 손

은 속옷으로 뻗어 나가, 그대로 주르륵 벗겨 냈다.

알몸뚱이가 되어버린 불안함을 어떻게든 하고 싶어, 하루카는 눈앞의 유우키에게 달라붙었다.

"하루카 씨, 기쁘지만…… 움직일 수 없어요."

"그래, 도."

"응, 조금만, 떨어지죠."

쓰다듬어 주고, 몇 번이고 키스해 준 뒤에 하루키는 겨우 조금 진정했다.

세게 들러붙었던 몸에서 손을 풀고, 유우키는 무릎으로 일어서서 청바지에 손을 가져갔다. 그리고 하루카 같은 주저는 일절 보이지 않고 전라가 되었다.

"……윽."

반짝반짝해서, 눈부셨다. 동경하기에 충분한 스타일의 유우키는 하루카의 시선에 살풋 웃었다.

'앗…….'

천천히 시선을 옮긴 그곳에는, 유우키의 그것이 용맹하게 치켜서 있는 것이 보였다. 빈약한 자신의 몸에 욕정해 주고 있다고 생각하자 기뻐서, 그 이상으로, 몸이 뜨거워지고 말았다.

닿아 있는 것도 아닌데, 유우키의 맨몸을 보고 있는 것뿐인데, 어째서 이렇게나 느껴 버리는 걸까. 돌린 시선 앞에는 자신의 일어서 있는 그것이 있어서, 하루카는 어떻게 해야 할지 몰라 안절부절못하는 수밖에 없었다.

"분하긴 해도, 사카이 씨가 준 걸 쓸게요. 그게 없으면 아마 아플 거예요."

그렇게 말하며 손을 뻗어 병을 잡은 유우키는, 뚜껑을 열고 주르륵 점성 있는 투명한 액체를 손바닥에 떨어뜨렸다.

"하루카 씨, 침대에 누워서 다리를 벌려요."

"다, 다리를?"

"준비합니다."

무슨 준비일까 생각했지만, 생각해도 알 리가 없었다. 유우키에게 맡기는 수밖에 없어서 침대에 등을 묻은 하루카였지만, 역시 그의 눈앞에서 다리를 벌리는 것은 망설여졌다.

몇 번이고 그곳은 만져졌지만, 이 자세로는 그것보다 더 깊숙한, 지금까지 유우키에게도 보여준 적이 없는 장소까지 훤히 보이게 되어 버린다. 결벽증이 아니라도 부끄러울 수 있는 이 자세를, 어떻게 바꿀 방법은 없을까.

"여, 옆으로 누워도 돼?"

"안 돼."

이런 때에 한해서, 엄하다.

"무서운 거 아니니까요."

무서운 게 아니라 부끄러운 거라고 몇 번이나 시선으로 말했지만, 아무래도 유우키도 양보할 생각은 없어 보였다.

하루카는 무턱대고 다리를 벌렸다. 있는 한껏 벌리려 했지만, 그래도 거의 벌리지 않은 상태였다. 하지만, 유우키는 '잘했어요' 하고 칭찬해 주면서, 덤으로 방금 손바닥에 부어 놓은 병의 내용물을 그대로 하루카의 하체, 그, 가장 깊숙한 곳에 흘렸다.

"흐앗?"

끈적끈적한 감촉과 차가움에 무심코 소리를 질렀다.

"뭐, 뭐 하는……?"

"여기를 푸는 거예요. 저를 받아들여 줄 장소니까."

"여, 여기라니…… 엉덩이?"

"남자끼리의 섹스는, 이 구멍을 써요."

"!"

이제야 겨우 하루카는 남자끼리의 섹스라는 것을 알게 되었다. 분명히, 여자처럼 받아들이는 장소가 없는 남자의 몸으로는, 현실적으로 거기에 그것을 넣는 방법밖에 할 수 없었다.

하지만,

"무, 무리!"

하루카의 시선은 유우키의 그것에 맞춰져 있었다. 그렇

지 않아도 그렇게나 커다란 유우키의 그것이, 자신의 엉덩이로 들어갈 리가 없었다.

절대로 찢어져서, 피가 날지도 모른다. 돌연 치솟은 공포에, 하루카의 고조되었던 몸의 열기가 내려가, 일순 굳어버렸다.

용기를 내려고 했는데, 역시 무리였다.

하루카는 고개를 옆으로 흔들며 젖은 다리를 문지르듯 뒤로 물러섰다.

"미, 미안, 나, 못해……."

여기까지 와서 그렇게 말하는 자신은 정말 심한 사람이다. 그래도 이 공포에 맞부딪칠 수 있는 기력이 없었다.

"……알겠습니다."

그런 하루카의 마음을, 유우키는 금방 받아들여 주었다.

"어쩔 수 없네요."

어째서 화내지 않는 걸까. 직전에 거절하는 건 뭐냐며 고함쳐 주는 게 훨씬 기분이 편할 것 같았다. 아니, 이런 때까지 자신의 마음을 신경 써 줘 버리는 것에 하루카는 엄청난 자기혐오감에 빠져들었다.

"샤워할까요? 기분 안 좋죠?"

유우키는 이미 기분을 전환한 모양인지 그렇게 말하며 하루카를 일으켜 세워주려고 했다. 하지만 눈에 보이는 그의 남성의 열기는 수그러들지 않고 있었다. 열정을 끌어안은 채, 그래도 하루카를 위해 물러서 주려고 하고 있는 것이었다.

'아…… 냐.'

이래서는, 지금까지와 아무것도 변하지 않았다. 싫은 것으로부터, 무서운 것으로부터 도망쳐왔던 자신은 유우키를 좋아하기 시작한 이후 분명 변했을 것이다.

"하루카 씨?"

하루카는 한쪽 손을 허벅지 사이에 넣었다. 끈적한 액체를 문질러 바르듯 하며 눈을 힘주어 감고 엉덩이 안쪽의 봉오리로 손가락을 움직였다.

"무리하지 않아도 되니까."

유우키가 그렇게 말했지만 하루카는 고개를 가로로 저었다. 이번에는 거절의 의미가 아니라 여기서 멈추고 싶지 않다는 소망이었다.

"아파, 도, 웃, 무서워도, 유우키가, 있엇."

그러니까 계속해, 라고 말했다.

처음 한 발이 무서운 것은 당연한 것이다. 하지만, 이 한 발을 내딛지 않으면 아무리 시간이 흘러도 앞으로 나아갈 수 없다.

"하루카 씨……."

유우키의 손이 시트를 움켜쥔 하루카의 다른 한쪽 손에 겹쳐져, 힘주어 감싸왔다.

　"……너무 좋아해요."

　그 목소리가 떨리고 있는 듯 들린 것은 기분 탓일지도 모르겠지만, 하루카는 몇 번이고 고개를 끄덕이며, 자신도 좋아한다고 잠꼬대하듯 반복했다.

　어쨌든, 완전히 익숙해진 뒤에, 라는 말을 들었지만, 벌써 십 분 이상, 이십 분 가까이 엉덩이 구멍을 만져지고 있었다.

　그 액체를 듬뿍 써서, 마음속 어디선가는 될까, 하고 불안하게 생각하고 있었던 하루카의 생각과는 반대로, 그곳은 유우키의 손가락을 세 개나 집어삼킬 정도로 벌어졌다.

　"으앗…… 으, 크으."

　몸 안에 이물질이 들어와 있다. 그것이 안을 제각기 자극해 와서, 하루카는 이미 아픔과는 다른 압박감에 신음했다.

　손톱으로 안쪽을 긁을 때마다 움찔움찔 몸이 튀어 올랐다. 손가락을 넣은 충격으로 수그러들어 있던 그곳은 다시금 솟구쳐 올라 질질 프리컴을 흘려댔다.

　이 이상으로 애끓게 하면, 괴로울 거다.

　하루카는 몸 안을 덧그리는 유우키의 손가락을 조였다.

"이제, 됐으, 니까아."

진지한 표정으로 풀어주고 있던 유우키는 그 목소리에 고개를 들었다. 단정한 얼굴에는 땀이 배어 나오고 있어서, 그도 참고 있는 거구나 알 수 있었다.

"……정말로?"

"응."

어쩌면, 안될지도 몰랐다. 실제로 유우키의 그것을 넣는다면 아파서 울부짖어버릴지도 몰랐다. 그래도 이번에야말로 각오할 수 있었다.

"힘 빼고 있으세요."

말하는 것과 동시에, 몸 안에 가득 차 있던 손가락이 빠져나갔다. 후우 하고 숨을 쉰 그 순간이었다. 뜨겁고, 단단한 것이 입구에 닿았다고 생각하는데,

"흐아아아아!"

찔걱 하고 점성 있는 소리와 함께 한계 이상으로 구멍을 벌리며 유우키의 남성이 안으로 들어왔다.

"……히 ……잇."

괴로워서, 숨을 쉴 수가 없었다. 무의식적으로 몸에 힘이 들어갔는지 유우키의 몸을 품은 구멍이 비명을 질렀다.

아파서, 뜨거워서, 괴로웠다.

무서운데―그런데도, 몸 어딘가에서 유우키와 하나가

되었다는 생각이 솟아 올라왔다.

"아직, 끝이 다, 들어간, 게 아니니까."

"!"

'거짓, 말!'

이렇게 괴로운데, 아직 완전히 초반인 모양이었다. 어떻게 될까 아연하고 있던 그때 몸에서 힘이 빠졌었는지, 거친 숨소리와 함께 뜨거운 기둥이 더욱 깊숙이 들어왔다.

동시에 삽입의 충격에 수그러들었던 그것에 손을 뻗어 훑어대자, 조금 숨을 돌릴 수 있게 되었다.

"조금만 더, 참아요."

올려다보는 유우키의 얼굴은 괴로운 듯, 기뻐 보였다. 시야가 흐려져 있는 자신은 분명 울고 있을까, 그래도 유우키와 같이 기뻐서 어쩔 줄을 몰랐다.

겨우 엉덩이에 유우키의 치모가 닿은 그때, 하루카는 이제 녹초가 되어 몸의 어디에도 힘이 들어가지 않게 되었다. 삽입을 시작하고 지금까지 대체 몇 분이 걸렸는지도 모르겠지만, 상당한 시간이었을 것이다.

"하루카 씨."

이 이상이 없을 정도로 몸을 밀착시킨 채, 유우키가 하루카의 입술에 키스해 왔다.

"기뻐서 울 것 같아요."

"……응."

더, 무언가 말하고 싶었지만 하루카는 가슴이 벅차올라 고개를 끄덕이는 것밖에 할 수 없었다.

그것을 본 유우키는 한 번 더 키스를 해 주고, 천천히 허리를 움직이기 시작했다. 욱신욱신 옥죄는 감각이 된 그곳은, 그런 유우키의 것을 조이듯 달라붙고, 밀어붙여질 때마다 기쁘게 받아들이기 시작했다.

모든 것이 녹아내려서 하나가 되어 있는 기분이었다.

"으하, 앗, 아응, 유우, 키, 웃."

몸 안이 힘차게 뒤섞인다. 각각의 호흡이 하나가 된 다음 순간, 하루카는 유우키의 배에 정을 토했다. 그리고 틈을 주지 않고 뱃속 가장 깊은 곳에 뜨거운 것이 퍼져나갔다.

사정한 여운에 하루카는 유우키에게 꽈악 끌어안겼고, 유우키는 하루카에게 체중을 싣지 않기 위해 한쪽 팔꿈치로 자신의 몸을 지지하고 있었지만, 잠시 후 작은 목소리가 들려왔다.

"……콘돔, 끼우는 거 깜빡했어요."

"……아."

그러고 보니 사카이는 콘돔도 사주었었다.

"죄송해요."

주의가 부족했다고 후회하는 유우키의 얼굴을 보고 있던

하루카는 뺨이 누그러지는 것을 느꼈다. 콘돔을 끼울 여유가 없을 정도로 유우키도 정신없었던 것이었다.

경험차를 신경 쓰고 있었는데 그런 것은 사실 중요한 것이 아니었을지도 모르겠다. 서로의 몸에 얼마나 빠져들 수 있을까. 하루카도 조금 자신감을 가져도 좋을지도 하고 생각하는 한편, 자신을 탐내는 연하의 연인이 견딜 수 없이 귀여워졌다.

에필로그
헤롱헤롱한 밀월

"사카이 씨는 크리스마스 예정 없으세요?"

"……잘도 말한다. 나는 꼬시는 사람들이 넘쳐흘러서 쥐어짜이고 있거든."

다른 사람이 말했다면 지기 싫어 억지 쓰는 것처럼 들릴지도 모르겠지만, 사카이가 말하면 진짜처럼 생각된다. 사람을 잘 돌봐주는 멋진 사카이는 아마 스스로 말하는 것 이상으로 인기가 있을 것이다.

'분명히, 유우키도…….'

하루카와 사귀고 있는 것을 공언은 하고 있지 않은 유우키는, 대외적으로는 싱글이었다. 그 기회에 친밀한 관계가 되자고 적극적으로 따라오는 여자아이는 잔뜩 있을 거라고 생각되었다.

그래도, 하루카는 유우키를 믿을 수 있었다. 몸도 마음도 제대로 연결되어 있는 지금, 서로를 믿는 것은 어렵지 않았다.

"저기."

"네?"

그때, 카운터에 한 사람의 학생이 다가왔다. 가끔 도서관을 이용하는 학생으로, 하루카도 얼굴과 이름을 외우고 있었다.

"크리스마스, 아무 일 없으세요?"

"예?"

"저기, 저희 아는 사람끼리 파티를 하기로 했는데…… 시라이시 씨도 괜찮으시면 같이……."

갑작스러운 초대에는 놀랐지만 그가 자신을 도서관 직원인 여러 사람 중 한 사람이 아니라, 제대로 시라이시 하루카 개인으로 보아주고 있는 것이 솔직히 기뻤다. 지금까지 사람에게 초대받는 것 자체를 무서워했던 자신이 거짓말 같았다.

자연스럽게 떠오르는 미소를 보고, 학생은 어째서인지

얼굴이 붉어졌고, 곁에 있던 사카이는 자제 좀 하라는 영문 모를 소리를 했다.

"그게······."

"그래도······."

"죄송하게도 선약이 있어서."

"아, 유우키?"

언제 온 것인지, 유우키가 학생의 곁에 서 있었다. 신장은 조금 유우키 쪽이 컸고, 무엇보다 자신 있어 보이는 태도는 그를 한층 더 커 보이게 했다.

"저기, 하루카 씨."

"하, 하루카 씨?"

사람들 앞에서는 부르지 않는 이름으로 불렸지만 하루카는 그 의미에 눈치를 채지 못했다. 오히려 뜻밖에 유우키의 얼굴을 볼 수 있는 것을 기뻐했다.

"응, 그렇네."

유우키와 처음으로 맞이하는 크리스마스. 뭘 할까, 어떤 것을 먹고 싶을까, 매일 이야기하는 것이 즐거웠다. 분명히 거리에는 나가지 않을 테지만, 그래도 열두 번 분량은 족히 대체할 정도로 크리스마스 기분을 내보자고 생각하고 있었다.

"죄송해요, 유우키랑 약속을 해 둬서."

"아…… 네."

"미안하군."

싱긋 웃는 유우키를 보며 어쩐지 안색이 질린 학생은 재빠르게 도서관을 빠져나가 버렸다. 저렇게 서두르다가 넘어지지 않아야 할 텐데 하고 걱정했다.

"……저기, 하루카 씨. 저런 식으로 초대받는 거, 이번이 처음?"

"뿌—"

하루카가 대답하기도 전에, 사카이가 펜을 든 손을 흔들며 대답했다.

"최근, 꽤나 사람들이 말 걸어온다? 크리스마스 날의 초대는 방금 저 녀석까지 네 명째."

그렇게 말하며, 손에 들고 있던 종이를 들어 보여주는 사카이. 그 귀퉁이에 바를 정자가 그려져 있는 것을 보고 아연했다.

"일하는 중에 뭐 하시는 거예요."

선배에 대해서라도 일단 주의를 주려고 한 하루카와 달리, 유우키는 그것을 파먹듯 노려본 다음 커다란 한숨을 쉬었다.

"참고 있는 사람이 바보 같지."

"그렇네요."

또 의미모를 소리를 나누며 서로 납득하고 있는 두 사람의 얼굴을 교대로 보아도, 하루카는 이렇다 할 것이 전혀 떠오르지 않았다.

물어보듯이 유우키의 얼굴을 올려다본 하루카에게, 그는 언제나처럼 다정한 미소를 지어주며 가만히 머리를 쓰다듬어 주었다.

"오늘은 야근 있어요?"

"……없어."

명백하게 화제를 돌려 버리려고 한 것은 눈치챘지만, 유우키가 하루카에게 말하지 않는 것은 몰라도 되는 것이다. 아니, 제대로 물어보면 그는 분명히 대답해 줄 거라는 것도 알고 있다.

'그다지, 지금이 아니어도 되는 거고.'

"이따가 데리러 올게요."

"응."

그렇게 말한 유우키가 사카이에게는 보이지 않게 하루카의 손끝에 자신의 그것을 얽었다. 일하는 중이라 고무장갑을 끼고 있었지만, 지금은 그것이 안타까웠다.

유우키와는 제대로 맨손으로 닿고 싶었다. 그 기분 좋음을 하루카는 이미 알아버렸다.

"이따 봐."

두 사람만 있게 되면, 유우키는 하루카의 막을 가만히 찢어줄 것이다. 빨리 맨살의 열기를 느끼고 싶다고 생각하고 있는 자신도 조심성이 없을지도 모르겠다고 생각하며, 하루카는 쌓여가는 마음 그대로 유우키에게 만면의 웃음을 보냈다.

『한 걸음 앞으로~결벽증 졸업~』끝

작가 후기

안녕하세요, chi─co입니다. 『한 걸음 앞으로~결벽증
졸업~』을 읽어주셔서 감사합니다.

지금까지 발간되고 있던 헤이안 시간 이동물과는 다른, 현
대의 이야기. 심지어 저에게 있어서는 드문 순애물입니다.
애초에 왕도 달달물이 취향이라 이런 이야기는 꽤 읽고 있습
니다만, 실제로 제가 써보면 어쩐지 좀 근질근질해서(웃음).
하지만, 매우 재미있게 썼습니다.

달달물을 좋아하시는 독자 분들께는 그래도 아직 부족하
실지도 모르겠습니다. 저도 완전히 딱 달라붙은 이후의 끈
적끈적한 모습을 조금 더 쓰고 싶네 생각은 했습니다만, 다
소 부족한 쪽이 좋다고 생각을 바꿨습니다.

대학생과 사회인 연하공입니다만, 상당히 어른스러운 공이 되어버렸나 생각합니다. 속박한다기보다는 곁에서 지켜봐 주고 싶다고 생각하는 그는 정말로 제대로 된 애인이라, 처음 사랑을 한 연상수 군도 분명히 행복해질 겁니다.

이후, 두 사람의 일상을 자연스럽게 떠올릴 수 있게 된다면 기쁘겠습니다.

이번에 일러스트를 그려 주신 것은 미즈카네 료 선생님이십니다.

굉장히 섬세하고 부드러운 분위기의 그림으로, 두 사람이 나란히 있는 그림은 너무나도 아름답습니다. 어리고 싱싱한 분위기에도 꼭 주목해 주세요.

다음은 『이연(異戀)』으로 만나뵐 수 있을 거라고 생각합니다.

사이트명 『your songs』

http://chi-co.sakura.ne.jp

chi-co

역자 후기

안녕하세요. 역자 김산우입니다. 즐겁게 읽으셨는지요.

번역하면서 부드럽고 다정한 문장에 절로 마음이 따뜻해지는 시간을 가질 수 있었습니다.

저자가 의도한 바에 맞는지는 모르겠지만, 다정하고 배려 깊은 연하공 유우키가 멋지게 전달되었기를 바랍니다.

의젓한 연하공이라는 키워드는 참 좋은 것 같습니다. 게다가 가끔 가다 보이는 복흑스러운 장면들도 꽤나 가슴 두근거렸었습니다. 여러분은 어떠셨을지.

연상인 하루카를 깍듯이 모시는 듯하면서도 또 한 발 뒤에서 다정하게 이끌어주는 리더십을 보이는 남자라니. 세상에 이런 남자는 존재할 수 없다고 생각하면서도, 빠져들 수밖에 없는 매력입니다.

주인수인 하루카는 참 어떻게 보면 답답하게 느껴질 수도 있는 완고하고 느린 사람입니다. 그런데 신기하게 그럼에도 불구하고 귀엽다, 응원해 주고 싶다, 라는 생각이 들더라구요. 제가 번역해서 애착이 생겨 그런 건 아닐 겁니다. 유우키라는 행운을 만나서 그런 것도 있겠지만 하루카 본인도 약하지는 않은 사람이어서 빠르게 발을 내디딜 수 있었겠지요. 모든 분이 절룩거리면서도 조금씩 나아가는 그 모습을 응원하고 싶었을 거라고 생각합니다.

결국 따뜻한 애정을 확인한 두 사람을 무한 응원하고 싶네요. 그 뒤의 알콩달콩 이야기도 기대했었는데…… 아쉬울 때 끊는 것이 제대로 된 끊기 신공이겠지요.

그럼 즐거운 작품 되셨길 바랍니다.

김산우

TL 로맨스 원고 공모

한국 TL을 선도해 나가는
AIN-FIN 메르헨-엘르 노블에서
뜨겁고 은밀한 사랑 이야기를 찾습니다.

장르 : TL 로맨스(현대, 판타지, 시대물 무관)
분량 : 200자 원고지 기준 700매 내외

보내주실 곳 : ainandfin@naver.com

채택되신 작품은 계약 후 교정 작업을 거쳐 정식 출간됩니다!

많은 참여 부탁드립니다.

이연
異
연
戀

삭(朔)의 만남

chi-co 글 ｜ 아사히코 그림
윤슬 옮김

여름방학에 할머니 집을 방문한 코미야 치사토는 커다란 창고에서 화려한 골동품이 가득 담긴 궤를 발견한다. 그 빼어난 아름다움에 매료된 치사토는 달콤하게 피어오르는 향기를 맡고, 갑자기 눈앞의 광경이 흔들리면서 궤 속으로 고꾸라지고 만다.

정신을 차려보니 헤이안 시대와 비슷한 옷을 입은 사람들이 북적거리는 곳. 게다가 치사토에게 아내가 되라고 강요하는, 오만한 천황이라는 존재가 나타나는데……?!

〈그와 그들의 은밀한 눈 맞춤〉 엘르노블

상사 와 연애

남계 대가족 이야기

휴가 유키 글
미즈카네 료 그림
강지우 옮김

"히짱, 히짱, 밥—"
일곱 명의 형제 중 장남, 히토시의 아침은 우유 향기로 시작된다.
한 살이 조금 넘은 막냇동생 나나오에게 깨워져, 다섯 명의 동생을 배웅
하는 대분투의 나날. 그런 사정도 있어서 회사에 도착하면 오히려 한숨
놓는 히토시지만, 어느 날, 수완가인 부장과의 업무에서 무심코 실수를
저질러 버린다. 난처한 상황에 처한 히토시는 만회를 위해 부장의 조카딸
을 맡기로 하는데—?!

〈그와 그들의 은밀한 눈 맞춤〉 엘르노블